SI LOIN DU MONDE

ISBN : 2-915056-06-4

GRAPHISME TEXTES, HORS-TEXTES ET CARTE : TIHUAKAN

Tavae RAIOAOA

SI LOIN DU MONDE

En collaboration avec Lionel DUROY

ÉDITIONS

Préface

Quand j'ai rencontré Tavae Raioaoa pour la première fois, à Tahiti, aux premiers jours du mois de septembre 2002, il était encore soigné pour les séquelles de son naufrage. Je ne sais plus comment la conversation s'est engagée, mais je me souviens qu'il en est venu très vite à me dire son désarroi, et même sa colère, de n'avoir su transmettre à aucun de ses fils son métier de pêcheur en haute mer. Il venait de passer près de quatre mois en perdition, on l'avait cru mort, mais ce qu'il voulait d'abord me raconter, c'était cet autre naufrage, plus secret : n'avoir pas un fils pour lui succéder.

Tout de suite cet homme m'a touché. Le premier jour, il n'est pas entré dans la pièce où l'on devait travailler. Il a attendu dehors, à l'ombre, sur un banc, qu'on l'appelle. Il était celui qu'on venait voir, et il n'osait pas entrer… Je suis allé le chercher avec l'interprète. Il ne m'a pas souri. Il ne m'a pas regardé. De toute évidence, j'avais à démontrer que je savais travailler, écouter.

Nous avons commencé à parler. Pendant les

premières heures, je lui ai demandé de me dire d'où il venait – sa famille, ses ancêtres, l'île de Huahine où son père a vu le jour. Ainsi, avant d'en arriver au naufrage, j'en savais déjà beaucoup sur lui. J'avais compris qu'il était pratiquement né sur l'eau, loin de l'école et de la société terrestre dont il a appris à se méfier. J'avais compris l'exemple qu'avaient été pour lui son propre père et ses aïeux. Compris aussi pourquoi ses fils le décevaient. Tavae Raioaoa est le dernier représentant d'une lignée de « seigneurs de la mer » autrefois connue et infiniment respectée en Polynésie.

À partir de la troisième rencontre, on se souriait et il me regardait dans les yeux. Plus tard, il eut des gestes chaleureux, comme de me prendre par les épaules. Nous étions en confiance.

Quand nous avons commencé à évoquer le naufrage, j'ai su que nous passions dans une autre dimension. À deux ou trois reprises, je l'ai vu tout près de pleurer. Il ne voulait rien cacher, il est allé constamment au plus près de ses émotions.

Le livre qu'on va lire reflète avec une grande fidélité le récit qu'il m'a fait de ses quatre mois à la dérive. J'ai tenté de mettre en mots tous les sentiments qui l'ont traversé, et de restituer dans leur ampleur les scènes, parfois apocalyptiques, qu'il a vécues. Je n'ai fait que placer à son service ma pratique quotidienne de l'écriture, et je suis heureux qu'il se soit immédiatement reconnu dans ce texte.

Ce livre est le sien.

L. D.

SI LOIN DU MONDE

Ça n'était pas le vent habituel qui soufflait, ce matin-là, c'était le vent du nord. Tout de suite je l'ai su – il s'engouffre d'une façon particulière dans la maison et il fait grincer quelque part un pan de tôle. Il ne devait pas être beaucoup plus de quatre heures, les feuilles du bananier se détachaient encore péniblement de la clarté mauve du premier jour. J'ai remercié le Seigneur. Le vent du nord surprend la mer par le travers, il la contrarie, la soulève et la roule inlassablement, jusqu'à provoquer des tourbillons d'écume, tout un bouillonnement de l'océan qui excite le poisson. Il voit cela des profondeurs où il s'en va le soir pour dormir, le poisson, il voit les premiers rayons lumineux qui transpercent ces tourbillons, il doit entendre aussi comme des gargouillements joyeux, des rumeurs de fête et de festin, alors il ne résiste pas à la tentation et il remonte. J'ai remercié le Seigneur, oui, pour la pêche exceptionnelle qu'il me promettait ce vendredi 15 mars de l'année 2002, et à ce moment-là seulement j'ai repensé au gamin.

Toutes les nuits il vadrouille, celui-ci, il traîne avec ses copains, il fume, il boit, il se soûle. Où est-ce qu'il dort ? Je ne le sais même pas.

– Apprends-moi à pêcher, grand-père.

– T'es un bon à rien, je t'apprendrai rien du tout.

S'il écoutait bien quand je l'emmène en mer, je ferais peut-être de lui un pêcheur, mais il a la tête ailleurs.

La veille de ce vendredi, il est encore revenu à la charge.

– Apprends-moi à pêcher, grand-père. Demain matin. Demain matin, je pars avec toi.

– Non, je t'emmènerai plus. Tu dis que tu viens, je compte sur toi et, quand je me réveille, tu n'es pas là. Demain, j'irai tout seul.

– Je te promets, grand-père, je serai là.

– Je t'emmène pas, je te dis, t'es qu'un bon à rien.

J'ai repensé au gamin et en moi-même je me suis dit : « Je ne l'emmènerai plus avant longtemps, cette fois je ne céderai pas, il a besoin d'une leçon. On ne va pas à la mer comme on loue ses bras sur le premier chantier venu, comme on vend des cocos au bord des routes. On ne va pas à la mer n'importe comment. Il faut qu'il comprenne.

Après ça, je me suis levé et j'ai traversé la maison jusqu'au chemin de terre, devant. Les chiens ont filé en me voyant. Il avait beaucoup plu depuis janvier, le chemin était encore plein d'ornières et de boue. « Le vent du nord va tout assécher, ai-je songé, et bientôt ça sera la saison sèche. » L'horizon qui flambait, là-bas, derrière les grues du port de Papeete, annonçait un jour de forte brise, d'embrun et de grand soleil. Un jour béni pour le *mahi mahi.*

Qu'est-ce qu'il sait de la chasse au mahi mahi, le gamin ? Rien du tout. Il me regarde harponner le poisson, mais au fond de lui qu'est-ce qu'il pense ? Qu'il saura bien gagner sa vie sans se donner toute cette peine. Voilà ce qu'il pense, eh bien, tant pis pour lui, il ne mérite pas d'apprendre. D'ailleurs, tiens, il n'est pas là ! Qu'est-ce que j'avais dit ? Avec mon frère Ato, nous sommes les derniers chasseurs de mahi mahi de la commune de Faa'a, et si ça continue il n'y aura personne pour prendre la suite.

J'ai songé que j'avais tort de m'énerver constamment à cause de cet enfant, et je suis retourné vers l'intérieur prendre mon café. C'est alors que je l'ai aperçu dans le fond qui me regardait. J'ai fait comme s'il n'existait pas, un bon à rien, que je me suis dit. J'ai continué de boire mon café tranquillement, mais lui ne bougeait pas.

– Qu'est-ce que t'attends là à rien faire, planté comme un cocotier ? ai-je bougonné à la fin. Ramasse donc les lignes et les appâts et va porter tout ça sur le bateau.

– Alors tu m'emmènes avec toi, grand-père ?

– Certainement pas, tu le mérites pas. Va charger le bateau, je te dis.

Il était vexé, mais il n'a pas osé protester. Moi, à son âge, dix-huit, dix-neuf ans, j'avais déjà une enfant, sa mère, tiens, sa propre mère, et toutes les nuits je les passais à pêcher dans le lagon pour nourrir cette petite et Temarii, ma femme. Je n'avais qu'une pirogue en ce temps-là.

– Si j'avais traîné comme toi, je lui ai lancé, aujourd'hui tu ne serais pas là pour voir le jour se lever.

Mais il était déjà parti vers le bateau avec tout le bazar. Il faut longer sur deux ou trois cents mètres le chenal qui nous sépare du grand aéroport de Faa'a-Tahiti et nos bateaux sont là, sous le flamboyant de la pointe Hotuarea, le bateau de mon frère Ato et le mien, attachés à des pontons de rondins que nous avons fichés dans la vase il y a bien des années. La maison d'Ato n'est qu'à quelques mètres en retrait des pontons. En arrivant derrière le gamin, ce matin-là, j'ai vu qu'Ato avait déjà pris la mer, lui. Peut-être était-il même parti depuis la veille. Il nous arrive de pêcher le poisson volant toute la nuit et, si le temps s'y prête, d'enchaîner par la chasse au mahi mahi une fois le soleil bien établi.

Le petit avait apprêté le harpon, proprement assuré les lignes, et il patientait sur le ponton, les bras croisés, le visage fermé. L'idée m'a traversé de lui jeter : « Eh bien, qu'est-ce que t'attends pour sauter à bord ? » Et, aujourd'hui, je remercie le ciel de n'avoir rien dit : le Seigneur seul savait alors l'épreuve qui me guettait et, de cette épreuve, Léon, mon petit-fils, ne serait pas rentré vivant, lui.

Il a encore supplié :

– Emmène-moi, grand-père, j'écouterai bien.

J'ai fait simplement non de la tête en mettant le diesel en route. Nos regards se sont à peine croisés et, comme je prenais le cap du port de Papeete pour faire le plein de gazole, je lui ai lancé un dernier coup d'œil : il avait tourné les talons pour rentrer à la maison, et j'ai deviné à ses épaules qu'il était en colère.

Le soleil était déjà haut quand je suis arrivé à la pompe, il devait être plus de six heures. J'ai appelé Ato par radio, comme on le fait plusieurs fois par jour, pour savoir où il pêchait et si on allait se rencontrer quelque part dans la journée. Il se trouvait en direction de l'atoll de Tetiaroa, à l'opposé de la direction que je comptais prendre. La liaison était mauvaise, on ne s'est pas attardé. Ensuite, j'ai pris le cap de la passe. Un peu avant de l'atteindre, et encore à l'abri de la houle, j'ai mis en panne et je me suis adressé au Seigneur. Nous sommes tous très croyants dans ma famille, de confession protestante, et jamais je ne pars en mer sans prendre le temps d'en avertir le bon Dieu.

Je ne suis pas le seul, il est courant chez nous d'observer les pêcheurs en prière, ainsi recueillis et ballottés comme des cocos à quelques encablures de la passe. Ce vendredi-là, je l'ai prévenu que je comptais tenter ma chance jusqu'à la petite île de Maiao, car il n'est pas rare que le poisson se trouve là-bas, mais que, s'il n'y était pas, je remonterai sur Huahine plutôt que de rentrer bredouille à Tahiti : mon père habite l'île de Huahine et je peux donc m'y reposer quelques heures en attendant le nouveau soleil. « Mon Dieu, ai-je dit, je ne peux pas t'en dire plus pour le moment, mais sache que je vais être seul une fois de plus sur le grand océan, loin des miens et de la terre, à la merci de tous les dangers que tu connais, alors, s'il te plaît, garde un œil sur moi. » Je l'ai encore remercié pour ce temps propice au mahi mahi, un vendredi surtout, veille de week-end. Le Seigneur n'ignore pas que tous les vendredis soir, et le samedi matin encore, les gens de Papeete se disputent les plus beaux mahi mahi au bord de la route. Ils font beaucoup de grillades, le week-end, bien plus qu'en semaine. Puis j'ai récité un « Notre Père », ajusté ma casquette et lancé vers la passe les deux cents chevaux de mon Volvo.

J'avais l'île de Moorea par le travers, sur tribord, et je faisais route à pleine allure sur Maiao depuis deux bonnes heures quand j'ai aperçu au loin les premiers oiseaux. Ils produisaient comme une fumée grise et légère sur les scintillements incandescents de la mer à l'horizon. J'ai souri en moi-même : oui, ça serait une belle journée pour la pêche, une journée exceptionnelle. Bien dressé à l'avant de mon bateau, volant sur les tourbillons d'écume à près de trente nœuds, je ressens toujours à ce moment-là l'orgueil d'être l'héritier des miens, Tahu'a de père en fils ou, en d'autres termes, rois de la mer et de la pêche depuis tant et tant de générations qu'on dit aujourd'hui à Huahine, berceau de ma famille, que ce pouvoir nous a été transmis par les dieux de la mer eux-mêmes, bien avant l'arrivée sur nos îles des premiers missionnaires anglais. Les oiseaux ! Ce sont eux qui nous désignent le poisson. Ils s'attaquent habituellement aux mêmes petits poissons que les bonites, leur arrachant un peu de peau sur le dos à coups de bec. L'un commence, et bientôt ils affluent d'on ne sait où, de partout, se croisant et se chamaillant, glissant lestement sur une aile, puis sur l'autre, avant de fondre sur le poisson. Parfois ils repèrent un mahi mahi, en particulier cet oiseau gris et vif qu'on appelle *oio* et dont la vue me remplit le cœur d'excitation car, s'il est présent, c'est que le mahi mahi n'est plus très loin. Il était présent ce matin-là. Je connais chaque mouvement de l'oio, nous avons lui et moi une forme de complicité. Au début, il paraît un peu surpris que je parvienne à le suivre dans ses vrilles serrées, à droite, à gauche, moi qui dois lui sembler de là-haut aussi maladroit qu'une bûche, prisonnier des flots, le ventre à demi noyé, et sans ailes, et puis il se prend au jeu et bientôt on ne sait plus lequel des deux, de l'oiseau ou de moi, précède l'autre.

Il n'était pas neuf heures quand nous avons pris en chasse notre premier mahi mahi. Ce sont des daurades coryphènes, d'une dizaine de kilos en moyenne, dont la couleur bleu-vert fait un sillage fluorescent sous la surface agitée de l'eau. Il faut posséder ce bateau particulier à la Polynésie que nous appelons *poti marara,* et qui se pilote par l'avant, pour traquer un tel poisson, car, aussitôt qu'on l'a repéré, il est essentiel de ne plus le lâcher des yeux. Très vite, il pressent le danger et il tente de s'engager dans le sens du courant pour prendre la fuite. Je lui ferme cette voie grâce à la maniabilité de mon bateau, et je le force au contraire à remonter le courant tout en me maintenant si possible dans le soleil, de sorte qu'il ne peut rien voir de moi et que cela accroît considérablement sa frayeur. Il essaie bien de se dérober, d'un côté ou de l'autre, mais je veille, une main sur le manche à balai qui me sert à gouverner, l'autre sur la commande du moteur. Je dois l'épuiser avant de tenter quoi que ce soit, et cela peut prendre quelques minutes, quelques minutes d'extrême tension et de folie durant lesquelles j'affronte la houle à rebours, fendant la mer à l'aveuglette et à plein régime comme un bûcheron pris de démence, préoccupé seulement par le sillage lumineux qui me précède. Enfin le poisson sent venir la fatigue, il ralentit, semble chercher désespérément une issue, et soudain, comme s'il avait oublié la raison de sa course, il se retourne et me fait face. C'est un mouvement qu'il faut savoir anticiper, car le bateau doit à ce moment précis interrompre également sa course, brutalement, comme sous l'effet d'une panne, ou d'un décrochement inattendu, et s'abîmer mollement dans les flots, jusqu'à s'immobiliser, de telle sorte que le poisson et moi demeurions comme suspendus au milieu de l'océan dans un invraisemblable et silencieux tête-à-tête. Alors, à cet instant, et pour la première fois, nous

nous regardons dans les yeux. Cela ne va durer qu'une fraction de seconde. Peut-être le mahi mahi a-t-il cependant le temps d'apercevoir les cinq pointes acérées du harpon dont je me suis emparé en coupant le moteur. Il est là, indécis et comme hors d'haleine. Il paraît se demander dans quelle direction fuir maintenant, et cette ultime hésitation me suffit à viser et à lancer. Quand il repart, le harpon lui est déjà entré profondément dans la tête. Il se tort, s'agite, entraîne au loin l'arme qui vient de le foudroyer, mais une corde me relie au harpon et je n'ai plus qu'à le hisser à bord.

J'avais oublié le gamin et toutes les contrariétés qu'on connaît à terre, je me sentais heureux et confiant après cette première prise. J'ai donc remis le cap sur Maiao tout en scrutant l'horizon pour chercher les oiseaux. La mer s'était encore un peu creusée, ce qui était de bon présage, le soleil m'était favorable et le bateau se défendait vaillamment. Pourtant, je ne trouvais plus un oiseau ! Non, le poisson décidément ne devait pas être sur Maiao, je m'étais trompé, mais il était quelque part et j'avais encore devant moi la plus grande partie du jour pour le découvrir. Alors j'ai repensé à Ato qui avait choisi, lui, l'autre côté de l'île de Moorea, vers l'atoll de Tetiaroa, et, sans attendre, j'ai viré de bord. Cette fois, j'étais presque debout au vent et des paquets d'embruns me fouettaient le visage. Rapidement Moorea, qui s'était enfoncée au point de disparaître, s'est remise à monter sur l'océan, et je pouvais distinguer la masse sombre des cocotiers quand les oiseaux ont surgi soudain dans le soleil. Plus de doute, le poisson était bien là, derrière Moorea, et à midi j'avais attrapé six autres mahi mahi. Entre-temps, je m'étais beaucoup rapproché de Tetiaroa, et j'aurais pu retrouver là-bas Ato ou gagner l'île de Huahine, y relâcher pour la nuit et doubler ma pêche le lendemain. Mais on était à la veille du week-end et le mahi mahi se vendrait à bon prix le soir même au bord de la route, ou le samedi matin au marché de Papeete. J'ai imaginé le sourire de ma fille Hélène en découvrant cette quantité de poissons – deux d'entre eux approchaient les vingt kilos – et j'ai décidé de rentrer aussitôt. Hélène, la plus affectueuse, la plus tendre, la plus attentionnée de mes huit enfants. Depuis la mort de ma femme, en 1995, c'est elle qui a pris en charge la maison et tous ceux qui y vivent. Elle veille sur son mari, ses enfants, sur Léon qui ne fait qu'entrer et sortir, sur moi, bien sûr, et sur ma dernière fille, Caren, sa petite sœur, qui va encore à l'école.

J'étais au large de la baie de Pao Pao, la grande baie de Moorea qui regarde vers Huahine, je faisais route sur Tahiti et il pouvait être deux heures de l'après-midi, quand un sifflement particulier du moteur m'a intrigué. Une épaisse fumée s'est échappée du capot quand je l'ai soulevé et j'ai vu tout de suite que la pompe ne rejetait plus d'eau, ce qui signifiait que le diesel n'était plus refroidi et qu'il pouvait exploser d'un moment à l'autre. La pompe à eau, c'est une chose qu'on ne peut pas réparer en mer. Après avoir coupé le moteur, et dans le silence subit de la mer et des oiseaux, j'ai essaye d'estimer ma position. Moorea était très haute sur l'eau, oui ; cependant, je ne distinguais aucun détail de la côte, ce qui voulait dire que j'en étais encore assez éloigné, beaucoup trop pour être vu. Par ailleurs, le vent s'était maintenu au nord, il soufflait avec force et je pouvais constater que mon bateau reculait sous sa poussée. J'étais trop loin des côtes pour qu'il m'y porte et, même s'il me rapprochait de la pointe est de l'île, je risquais de passer très au large et alors d'être entraîné vers la petite île de Maiao que j'avais aperçue le matin même avant de virer de bord.

Durant ma longue vie de pêcheur, jamais je n'étais tombé en panne. Je ne pouvais pas imaginer ce qui m'attendait. Dans mon esprit, j'allais inévitablement croiser la route d'un bateau et si par malchance cela ne se produisait pas, eh bien, je pensais pouvoir me réfugier à Maiao. C'est la dernière terre de notre archipel dans cette direction. Après elle, le Pacifique n'est plus qu'une immensité vide jusqu'aux lointaines îles Australes, et peu de navires s'aventurent par là-bas.

Mais je n'éprouvais à ce moment aucune inquiétude. Depuis ma naissance, il y a cinquante-six ans, j'ai passé plus de temps sur l'océan que sur la terre ferme, et, lorsque la mer me dissimule un danger quelconque, des frissons me courent vivement sur la peau, comme si mes ancêtres disparus cherchaient à me mettre en garde.

J'étais serein. Après un moment, comme aucun bateau n'apparaissait, je me suis résolu à appeler Ato. Il devait encore être du côté de Tetiaroa et il pourrait me rejoindre en deux petites heures avant la nuit. Mais Ato n'a pas répondu, j'ai supposé que j'étais déjà trop éloigné, qu'il était hors de portée. Quand nous nous retrouverons, quatre mois plus tard, et que nous chercherons à reconstituer comment nous nous sommes ratés ce vendredi-là, Ato me dira qu'à l'heure où je cherchais à le contacter il avait mouillé dans le lagon de l'atoll de Tetiaroa et avait coupé sa radio, car il se préparait à plonger pour pêcher des crustacés ou des *apai*, ces poissons, sortes de rougets, qui se cachent dans les anfractuosités du corail.

Le soleil déclinait, rosissant le ciel à l'horizon, et Moorea, que j'avais eue longtemps par le travers, s'éloignait à présent, tandis que les premiers reliefs de Maiao surgissaient imperceptiblement dans la brume du lointain. Alors j'ai pensé que je devais tout de même avertir la terre que je partais à la dérive et je me suis branché sur le canal 16 pour appeler Radio Mahina, le centre de secours pour tous les bateaux au large de Tahiti. « Mahina Radio, Mahina Radio, Mahina Radio, est-ce que tu m'entends ? À toi. » À trois reprises j'ai appelé et personne ne m'a répondu. À ce moment, je me suis dit que j'allais avertir le port, sur le canal 12, mais le port non plus n'a pas répondu à mes appels. Recourir à la radio devint inutile, car nos appareils ont un rayon d'émission de quelques kilomètres seulement.

Ça ne m'a pas beaucoup soucié et, songeant qu'Ato allait certainement chercher à me joindre, j'ai laissé branché la radio et sorti mon repas de la glacière. Je n'avais rien avalé depuis le matin et la perspective de me remplir l'estomac me mit aussitôt de bonne humeur. Hélène m'avait préparé un plat de viande de bœuf avec du riz arrosé de sauce tomate aux oignons. Je l'ai associée dans mon action de grâce au Seigneur pour ce dîner et pour les sept mahi mahi qui reposaient maintenant dans ma glacière, puis, comme la houle était assez forte, je me suis calé à l'arrière de mon bateau, entre le plat-bord et le coffre du moteur, et j'ai mangé tranquillement, de bon appétit. Qu'est-ce qui m'a retenu d'ingurgiter tout mon plat ? Je n'en ai pris que la moitié, comme si une voix intérieure me conseillait d'économiser mes vivres. Et, de la même façon, je me suis surpris à évaluer ma réserve d'eau avant d'en boire deux ou trois gorgées : un jerrican de vingt-deux litres et treize bouteilles plastique d'un litre et demi – les autorités maritimes nous imposent d'embarquer une cinquantaine de litres avant chaque sortie en mer.

Le ciel s'était assombri avec la disparition soudaine du soleil et, à sept heures, il faisait complètement nuit. Je me suis relevé, j'ai remis le reste de mon repas dans la glacière, et puis j'ai scruté la mer autour de moi. Le vent m'avait encore éloigné de Moorea dont je devinais les échancrures sombres dans le crépuscule et dont je pouvais compter les lumières minuscules au raz des flots. Je n'avais encore aucune appréhension, il me paraissait évident que dans ces parages si fréquentés par les pêcheurs, les gros bonitiers en particulier, comme par les cargos qui font route sur les Fidji, la Nouvelle-

Zélande ou l'Australie, on me retrouverait dans les vingt-quatre heures. Certains croisaient peut-être non loin de moi et, profitant de l'obscurité, je décidai de tirer une fusée lumineuse. Elle monta parfaitement, maintenant haut dans les ténèbres une étincelle incandescente qui fut certainement visible à plusieurs milles. J'espérais qu'un navire allait bientôt me répondre et durant une demi-heure je restai debout, parcourant la nuit du regard, tâchant de repérer un signe. Mais rien ne vint, et aux environs de vingt heures je tirai une seconde fusée. Elle aussi grimpa avec succès dans les couches aveugles du ciel, mais je ne reçus aucun signal en retour.

Une heure plus tard, les lumières de Moorea avaient complètement disparu – le vent ne cessait de m'éloigner des terres. Cependant, sentant la fatigue, je décidai de m'organiser pour la nuit. Le plus grand risque que je courais était celui d'être éperonné par un autre navire et je me résolus donc à allumer mes feux. Avec parcimonie, parce que je voulais conserver l'énergie de ma batterie pour la radio et pour la pompe de cale au cas où le bateau embarquerait, ce qui risquait de se produire si la mer forcissait encore. Le bateau en ordre, je rassemblai tout ce dont je disposais pour me couvrir : trois brassières de sauvetage et un ciré. Sur moi, je ne portais qu'un short et un tee-shirt à manches courtes. Mon idée était de me glisser sous le pont avant pour avoir au moins le buste à l'abri de l'humidité. Je me fis donc un oreiller de la première brassière, un semblant de matelas de la deuxième, et j'enfilai la troisième sous le ciré pour me tenir chaud. Ainsi, à demi allongé dans la proue du bateau, les jambes à l'extérieur dans un de ces longs sacs plastique qui servent à transporter le poisson, je me mis à penser aux miens, et à Hélène en particulier. Ça n'était certes pas la première fois que je ne rentrais pas mais, dans ce cas, je relâchais à Huahine, chez mon père ou chez un autre membre de ma famille, et j'appelais invariablement Hélène pour la prévenir. S'inquiéterait-elle, sans nouvelles de ma part ? Après y avoir bien réfléchi, je me dis qu'elle allait penser que j'étais malgré tout à Huahine et qu'elle ne s'alarmerait qu'à compter du lendemain matin en constatant que je ne téléphonais pas. Cette perspective me tranquillisa et, bercé par les mouvements du bateau, je m'endormis.

Je crois que c'est la sourde appréhension d'être heurté par un navire, ou un tronc d'arbre, qui me tira brusquement du sommeil. Je m'extirpai de sous le pont pour constater que rien ne me menaçait, rien de visible dans l'obscurité en tout cas. Il était à peine minuit, le vent avait un peu faibli et la mer était moins hachée, ce qui donnait au bateau un balancement plus harmonieux. J'éteignis les feux et je restai là à scruter la nuit et le ciel, maintenant constellé d'étoiles, jusqu'à ce que je sente mes paupières tomber. J'étais certain qu'une fois le soleil levé un bateau me repérerait, et c'est le cœur confiant que je me rendormis, recroquevillé sous le pont.

L'excitation me sortit précipitamment de ma couchette improvisée. Des lambeaux de brume matinale s'accrochaient au tableau arrière et j'avais hâte de découvrir ce que me réservait cette aube nouvelle. Rien. Rien que le vide immense. Plus aucune terre n'était visible, ni Moorea ni l'île de Maiao que j'avais dû doubler dans la nuit, et pas un bateau ne croisait aussi loin que portait mon regard. Alors, pour la première fois, la conscience m'effleura que je pouvais être perdu et cette idée, jusqu'ici inimaginable, me laissa un long moment comme abasourdi. Je me mis aussitôt à prier, car mon esprit était si troublé que j'étais incapable de réfléchir. Je demandai au Seigneur de bien vouloir regarder dans ma direction et de me sortir de là sans tarder. Au fond de moi, je n'avais aucun doute : peut-être le Seigneur m'avait-il momentanément oublié, mais il ne m'avait sûrement pas abandonné. Je le prévins, s'il ne le savait pas, que le vent m'entraînait vers les régions les plus désolées du Pacifique et que, s'il ne tentait pas rapidement un geste pour me sauver, cela deviendrait de plus en plus difficile. Puis la pensée me traversa qu'il voulait peut-être me mettre à l'épreuve et je cherchai aussitôt quelle faute j'avais pu commettre pour mériter cela. Je n'aurais sans doute pas dû prendre la mer sans avoir fait la paix avec le gamin, il n'est pas recommandé de s'engager sur l'océan le cœur plein de ressentiment ou de colère. Mais pour le gamin je n'avais rien à regretter, il avait besoin d'une bonne leçon et j'en fis la remarque au Seigneur. Puis je dis un « Notre Père », lentement, avec ferveur, et plus j'allais dans ma prière, plus je sentais la paix m'envahir.

En surgissant, les premiers rayons me redonnèrent complètement confiance. Tout l'océan s'embrasa d'un seul coup, et ce fut comme si je n'étais plus seul. Le soleil me réchauffait l'âme, dissipait les cauchemars, et j'eus à ce moment la certitude que le Seigneur m'avait entendu. Maintenant Hélène, elle aussi, devait s'inquiéter de moi. Elle avait dû appeler mon père à Huahine dès la première heure et, apprenant ma disparition, devait être en train d'alerter toute la famille.

Cependant, je devais me préparer à passer encore quelques heures en mer, et peut-être même la journée du lendemain si on n'avait pas l'idée de me chercher dans ce coin reculé du Pacifique. Je dus même imaginer que ça pouvait être plus long, car, songeant subitement que j'avais faim, je fus pris d'un curieux réflexe : je venais de m'emparer du plat de bœuf au riz quand je me dis que je devrais plutôt le conserver, comme s'il avait pris une valeur particulière dans la situation où je me trouvais. Et j'eus sans doute confusément l'intuition de ce qui m'attendait car, après avoir remis dans la glacière le plat d'Hélène, j'entrepris d'apprêter mes sept mahi mahi pour les manger au fil des jours, ce qui revenait à convenir silencieusement que je ne reverrais pas les miens, et la terre ferme, avant longtemps.

Je sortis un premier mahi mahi de la glacière, je l'ouvris par le milieu pour en retirer l'arête, puis je me mis à découper chacun des flancs en tranches fines que je déposais au fur et à mesure sur le capot du moteur et les plats-bords. Par bonheur, le vent avait chuté au milieu de la nuit, la mer s'était assagie, et avec ce soleil qu'aucun nuage ne voilait, toutes les conditions étaient réunies pour que mon poisson sèche. Au milieu de ce travail, je pris quelques morceaux que je mangeai crus pour mon repas du matin. Le poisson cru me ramène invariablement à mon enfance. Je crois que je n'avais guère plus de trois ans quand mon père décida de partir pour les îles Tuamotu pêcher les nacres. Il y retourna chaque saison de pêche durant des années. Il espérait toujours trouver une perle qui ferait de nous une famille chanceuse et riche. Là-bas, ça n'a rien d'extraordinaire, au moment où l'on est pris de faim, entre deux plongées, de saisir un poisson et d'aller le manger aussitôt au bord de l'eau, sous les cocotiers. Les gens des Tuamotu ont quelques recettes pour apprêter rapidement le poisson cru, et je me souviens en particulier de l'une d'entre elles qu'Ato et moi aimions : on pile le poisson pour en attendrir la chair, sans retirer la peau qui fait office de sac, puis on arrache la tête et l'arête qui se détache alors facilement. Ensuite, on replonge le poisson dans l'eau de mer, dans son enveloppe de peau, pour que le sel cuise un peu la chair, et enfin on la mélange avec du coco écrasé avant de la manger. Le coco me manquait, là, au milieu de l'océan, et, comme je me faisais cette réflexion, je me rappelai que j'avais appris récemment au gamin à déguster du poisson cru avec un peu de vinaigre. Mais à ce moment il me revint que sous un prétexte quelconque le gamin m'avait pris la réserve que j'avais toujours à bord, et de nouveau je lui en voulus – mon poisson aurait été tellement meilleur !

Je saisis ensuite un second mahi mahi que je découpai de la même façon en fines lamelles. Puis les autres, et bientôt tous les plats-bords furent occupés par les tranches de poisson. Je n'avais pas vu filer les heures et le soleil avait parcouru une large partie du ciel quand je m'aperçus que j'avais fini. Guetter les bateaux ne m'avait guère préoccupé de tout le jour, mais maintenant le soleil allait rapidement décliner et le silence qui m'entourait me glaça le cœur. Le vent m'avait entraîné loin des terres, j'ignorais où m'emportait le courant, et j'eus soudain le sentiment vertigineux d'être entré sans y prendre garde dans le vide infini du monde. Celui qu'enfants nous imaginions avec Ato au-delà des frontières de la mer. Cette infinité désolée qui faisait murmurer les vieux, car on savait qu'aucun bateau n'en revenait jamais. C'était idiot, j'en étais conscient, et une bouffée de colère contre moi-même balaya ces cauchemars d'un autre temps. Je me mis debout pour défier la peur et les mauvais esprits, et un long moment je scrutai l'océan – c'était étrange tout de même comme il était vide. Où étaient donc passés les hommes ? Puis je secouai cette torpeur qui m'étreignait et, pour profiter des derniers rayons chauds, j'entrepris de retourner mes lamelles de poisson. Elles avaient commencé à bien sécher, et, puisque la mer était complètement apaisée et le ciel dénué de toutes menaces, je décidai de les laisser là pour la nuit.

J'eus de nouveau faim, le soir, et cette faim me rassura. Je pris deux belles tranches de mahi mahi sur le pont et je les mastiquai lentement, conscient que je devais me maintenir en bonne santé. Je me sentis plein de gratitude pour ce corps qui ne cédait pas aux cauchemars, lui, qui réclamait sa part. Le poisson était à mon goût, bien gras, nourrissant, et, mon repas terminé, je pris deux petites gorgées d'eau. La perspective du jour à venir et des surprises que je pouvais en espérer m'avait rendu confiance. Entre-temps, le crépuscule avait tout éteint autour de moi. Je me couvris de ma brassière et de mon ciré et, pour la seconde nuit, j'allai me lover tant bien que mal dans l'arc de la proue. Cette fois, je n'avais pas allumé les feux pour économiser la batterie, et je demandai donc au Seigneur d'écarter de mon bateau les périls que nous risquions de croiser dans la nuit. « Je n'ai plus aucune idée de l'endroit où je me trouve, Seigneur, lui confiai-je, alors je me remets entre tes mains. Aie pitié de moi et ramène-moi vers la terre où les miens m'attendent. »

À cet instant, je fus pris d'une peine intense en songeant au chagrin que devaient éprouver Hélène et Ato en particulier. Cette peine m'écrasa la poitrine, je la sentis peser, peser, et elle commençait à m'étouffer littéralement quand une voix intérieure me souffla de m'en protéger. « C'est toi qui es en danger, à la dérive, complètement perdu, à la merci des éléments, me dis-je, eux ne courent aucun péril, ils sont sur la terre ferme, ils ont à boire et à manger autant qu'ils le veulent, alors ne te charge pas en plus de leur chagrin mais garde tes forces pour toi, pour résister et te sauver. Garde tes forces. »

C'est sur cette pensée que je m'endormis ce samedi soir.

***

Le récit d'Hélène. Samedi 16 mars

En me réveillant ce matin-là, vers cinq heures, j'ai tout de suite pensé à papa, et aussitôt, je me suis levée pour aller voir s'il était bien rentré dans la nuit. Mais non, son lit était intact. Je ne me suis pas trop inquiétée – il arrivait qu'il ne soit pas content de sa pêche et qu'il décide de rester au large plutôt que de rentrer avec sa glacière à moitié vide. Dans ce cas, il relâchait sur l'île de Huahine où il peut se reposer chez son père, ou chez quelqu'un d'autre de la famille. Il était un peu trop tôt pour appeler Huahine, j'ai tourné dans la maison en prenant garde de ne pas réveiller mon mari et mes deux enfants, puis je me suis fait un café et, enfin, j'ai téléphoné.

Quand on m'a dit là-bas qu'on ne l'avait pas vu, j'ai cru que mon cœur allait s'arrêter. Je me suis entendue répéter : « Mais c'est pas possible ! C'est pas possible ! » Je ne pouvais rien dire d'autre, c'était comme si le sol se dérobait sous mes pieds. Et puis les larmes m'ont complètement aveuglée et j'ai raccroché. Mon Dieu, où était-il ? Jamais il ne passait la nuit en mer sans me prévenir d'une façon ou d'une autre. Alors je me suis souvenue qu'il m'avait dit une fois : « Si un jour tu ne me vois pas rentrer et que je ne suis pas à

Huahine, préviens ta tante, elle saura quoi faire. » Je me suis rapidement habillée et j'ai couru jusque chez Simone.

D'abord elle n'a pas voulu croire qu'il n'était pas à Huahine. Nous avons rappelé ensemble et, ensuite, elle aussi m'a semblé perdue. Qu'est-ce qu'il fallait faire ? Qui devions-nous prévenir ? Elle a pensé qu'il fallait en discuter avec mon oncle Ato, et nous sommes parties toutes les deux l'attendre au bord de l'eau. Il n'allait pas tarder à rentrer pour vendre son poisson.

En fait, on l'a guetté jusqu'au milieu de l'après-midi, sans beaucoup parler, le ventre noué par l'anxiété. Ça nous a soulagées de le voir enfin venir, on pensait qu'il aurait peut-être des nouvelles de papa, qu'en tout cas il saurait comment faire pour le retrouver. Ma tante lui a tout raconté, moi j'étais trop angoissée pour parler. Je pensais en moi-même : maman est morte, nous n'avons plus que lui, oh mon Dieu, faites qu'il revienne vite !

Mais Ato a paru, lui aussi, abasourdi et très inquiet. Il s'est fait répéter les choses, et puis il s'est mis à scruter la mer comme s'il ne parvenait pas à croire que tout cela soit possible. Je les ai entendus se demander comment nous allions faire, sans argent, pour payer les recherches. Et puis ils sont partis prévenir la gendarmerie. Un peu plus tard, les gendarmes ont fait demander une photo du bateau de papa. J'en ai pris une dans l'album et la leur ai donnée. Les recherches devaient commencer le lendemain matin.

***

Le dimanche matin, les scintillements vifs de l'océan me réveillèrent brutalement vers sept heures. À trois reprises je m'étais longuement levé durant la nuit, tiré du sommeil par l'intuition qu'un danger me menaçait, et chaque fois je m'étais épuisé à scruter les ténèbres. L'éblouissement du jour me réconforta. Aucun récif ni aucun bateau ne me menaçait, j'étais absolument seul au milieu du Pacifique. Il faisait déjà chaud et je transpirais dans mon harnachement nocturne. Je me mis torse nu et envisageai pour la première fois de me laver. Il était évidemment exclu de sacrifier une seule goutte de ma réserve d'eau à ma toilette. Je devais recourir à l'eau de mer et je m'installai donc sur l'étroit plat-bord arrière, les jambes dans l'eau, et commençai à me doucher à pleins seaux. C'était une situation nouvelle – jamais je n'avais eu l'envie ou le loisir d'utiliser ainsi mon bateau – et je découvris ce matin-là qu'il pouvait être agréable de s'asperger comme j'avais vu certains plaisanciers le faire dans le port de Papeete. La toilette allait ainsi devenir, au fil des jours, l'un des rares moments de détente qui me seraient accordés.

Propre et reposé, je m'aperçus que j'avais très faim et décidai alors de manger la seconde moitié du plat d'Hélène. Il n'y avait pratiquement plus de glace dans la glacière – la nourriture se perdrait si j'attendais une journée de plus. Au moment où je m'en saisissais, cependant, l'émotion me submergea. Comme si ce plat était l'ultime lien qui me reliait aux miens. Je me surpris à le contempler avec une grande tristesse au fond du cœur – la conscience de l'amour que je portais à mes enfants, en particulier à Hélène et Caren qui vivaient encore auprès de moi, mais en même temps l'intuition que je ne les reverrais peut-être jamais. Quand je me résolus à manger, je le fis lentement, avec solennité, comme si chaque bouchée me mettait en communion avec Hélène, et au-delà d'elle avec ma maison de Faa'a, avec cette terre dont je n'avais pas mesuré jusqu'ici combien elle m'était chère, combien je m'y sentais chez moi. Enfin je lavai soigneusement le plat et le conservai.

Que m'apporterait ce dimanche ? En ouvrant les yeux, j'avais prié le Seigneur de m'envoyer un signe. Je me mis donc à guetter une raison d'espérer qui pouvait surgir des quatre points cardinaux, mais également du ciel. La mer était étale, le vent à peine perceptible, et la chaleur devint rapidement intolérable. À midi, je dus trouver refuge sous le pont avant. La peau me brûlait et le sel amplifiait la douleur. Je me tins deux bonnes heures tapi dans cette ombre parcimonieuse. Immobilisé sous le soleil au zénith, mon bateau si rapide, si mobile, n'était plus maintenant qu'une épave en perdition, chauffée à blanc, dont j'étais devenu le prisonnier.

Quand je jugeai possible de sortir, ce fut pour constater que mon mahi mahi avait parfaitement séché. C'était au moins ça. Le Seigneur m'avait accordé une pêche exceptionnelle le vendredi et, le dimanche, il m'avait donné le soleil pour la conserver. Quoi qu'il arrive, j'avais maintenant de quoi manger pour plusieurs jours et le manque d'eau ne me souciait pas encore. Je pris un grand sac à poisson, j'y entassai toutes mes tranches de mahi mahi et je rangeai cette réserve précieuse sous le pont, dans l'angle opposé à celui que j'occupais pour dormir.

L'après-midi s'écoulait, bientôt la mer engloutirait le soleil, et pas un avion n'avait traversé mon ciel, pas un bateau fendu l'horizon. On ne me cherchait donc pas ? J'eus la certitude qu'Ato, lui, le faisait. Si un seul homme me cherchait à la surface du monde, c'était Ato. Soudain, cette conviction me remplit d'espoir et, avant la venue du crépuscule, je tendis fiévreusement l'oreille et me brûlai les yeux à guetter les premiers indices de l'apparition de mon frère. Il a le même bateau que moi, un poti marara construit par Coco Dean, le fils de l'inventeur des poti marara, et je suis capable de l'identifier à plusieurs milles. J'étais si persuadé qu'il allait venir qu'à plusieurs reprises, ce dimanche en fin de journée, je crus l'entendre ou le deviner dans les ombres mouvantes du soir.

***

Le récit d'Ato

Le samedi, au milieu de la journée, j'ai quitté l'atoll de Tetiaroa pour rentrer à la maison. Quand Tahiti a commencé à grandir sur l'océan, j'ai appelé ma femme avec le portable. Elle m'a dit que Tavae n'était ni à Huahine ni à Faa'a et là, tout de suite, j'ai pressenti qu'il était arrivé quelque chose de grave. À plusieurs reprises j'ai essayé d'avoir Tavae sur la radio, mais plus aucun écho de lui ne me parvenait. L'inquiétude m'a serré le ventre, j'avais hâte d'être à terre. Mon dernier contact avec lui remontait au vendredi matin quand il avait appelé en partant pour me dire qu'il comptait pêcher du côté de Maiao.

Dans le chenal, je les ai aperçus qui m'attendaient tous au bord de l'eau, Hélène, Simone, mes enfants, les voisins, ça faisait un petit attroupement silencieux. Hélène pleurait, Simone a dit qu'il fallait prévenir les gendarmes. J'ai abandonné le bateau aux enfants, je n'avais pas le cœur à sortir le poisson et à le préparer pour la vente.

Simone a parlé aux gendarmes, ils voulaient une photo du bateau et je crois qu'Hélène en a trouvé une.

En rentrant chez moi, j'ai essayé de me représenter ce qui avait pu se passer, des images de Tavae me sont venues, j'ai songé qu'il avait dû chercher à m'appeler au secours quand par malheur j'étais occupé à plonger dans le lagon de Tetiaroa et, moi aussi, je me suis mis à pleurer.

Le lendemain, dimanche, j'ai commencé les recherches. Mon gendre s'est embarqué avec moi après s'être procuré des jumelles. Nous avons pris la mer avant la montée du soleil. Ce jour-là, nous avons laissé Moorea sur tribord et mis le cap sur Maiao, comme je croyais que Tavae l'avait fait. J'ignorais bien sûr qu'il était revenu ensuite sur Tetiaroa avant de tomber en panne de moteur. Mais, comme le vent soufflait du nord, il est certain qu'il a été ramené sur Maiao et a dû dériver, au début du moins, dans la direction où nous l'avons cherché ce dimanche. Nous sommes allés très au-delà de Maiao et je pense aujourd'hui que nous l'avons approché de près ce soir-là, et que peut-être nous l'aurions retrouvé si nous avions pu disposer de quelques heures de jour supplémentaires. Mon gendre scrutait sans cesse l'horizon avec les jumelles et moi j'appelais Tavae par intervalles sur la radio. Elle grésillait, grésillait, et chaque fois j'espérais follement entendre sa voix.

Quand nous avons dû prendre la décision de rentrer, il m'a semblé qu'un poids terrible m'écrasait la poitrine – comment continuer à vivre, à respirer, en sachant qu'il était quelque part en pleine détresse et qu'il m'attendait ?

***

Je fus assailli de cauchemars cette nuit de dimanche à lundi. Je m'étais couché angoissé après avoir vainement guetté Ato, et le Seigneur voulut qu'il m'apparût à plusieurs reprises dans mon sommeil. Mais de la façon la plus triste, la plus désespérée qui soit : éperdu de chagrin parce qu'il ne me retrouvait pas, Ato se laissait dériver à son tour. Ce rêve était si étrange, si morbide, que je me relevai au milieu de la nuit pour me remettre dans la réalité et le chasser de mon esprit. Mais je n'y réussis pas et il ne cessa plus de me préoccuper, au point que, quatre mois plus tard, l'angoisse d'avoir *véritablement* perdu Ato me saisira au moment de demander de ses nouvelles. Notre sœur me donnera alors sans s'en douter l'explication de tout cela. Elle me racontera qu'Ato avait en effet pensé s'abandonner aux vents et aux courants après m'avoir vainement cherché, et qu'elle avait dû le secouer comme elle ne l'avait jamais fait auparavant pour le dissuader de mourir.

J'étais si terriblement abattu en me levant, le lundi matin, que je ne pus rien manger avant l'après-midi. Jusqu'ici, j'avais cru que tout pouvait encore se dénouer facilement, et maintenant je prenais conscience qu'une simple panne de moteur était peut-être en train de précipiter ma vie, et celle de tous les miens, dans un drame sans issue.

Qu'est-ce qui me donna la force de reprendre espoir en dépit de l'infinie solitude qui m'entourait ? Au zénith, l'océan était un miroir d'acier parcouru de reflets vifs et brûlants, on aurait dit que la vie l'avait à jamais déserté et que seul le soleil, l'implacable soleil, poursuivait sa course parce que nul n'avait trouvé comment l'interrompre avant de s'en aller, avant de disparaître en me laissant seul au monde. Oui, je ne sais pas, ce jour-là, caché en plein midi sous le pont, ce qui me donna la force de croire en mon sauvetage. Mais j'y parvins, avec l'aide de Dieu, puisque je me vis soudain en train de graver quatre encoches sur ma boîte de fusées à l'aide d'un tournevis – quatre encoches pour les quatre jours qui venaient de s'écouler. Ce simple geste me rendit momentanément confiance : il résumait à peu de chose ce que je venais de traverser tout en me soufflant que je saurais tenir, au moins jusqu'à ce que la boîte soit couverte d'encoches.

Ce soir-là, cependant, et pour la première fois, je fus pris de sanglots. Je les sentis monter du tréfonds de mon corps, malgré moi, en dépit de ma foi, et bientôt ils m'emportèrent. Je crois que l'enfant pleurait en moi du sentiment d'abandon, l'enfant seulement, mais durant un bon moment l'homme que j'étais aussi ne réussit pas à consoler l'enfant. Il essaya de le raisonner, de le convaincre qu'on se démenait sûrement pour lui, là-bas, à Faa'a, que le Seigneur ne pouvait pas être insensible à son désarroi, mais les arguments manquaient malgré tout. Le silence des hommes et de Dieu avait été si absolu depuis le début…

C'est dans cette nuit de lundi à mardi que me parvint un premier signe. Je m'étais couché frissonnant et le cœur noyé de larmes. Je dormais profondément quand des voix me tirèrent du sommeil. On parlait, il n'y avait aucun doute, et cela provenait de l'arrière. Une violente émotion m'enflamma la poitrine tandis que j'essayais de comprendre ce que disaient ces gens. Je réussis à saisir des bribes de leur conversation : « Comment veux-tu que ce bateau puisse débarquer du récif ? » disait l'un. Et l'autre : « Mais non, il est tout près ! » De quel bateau parlaient-ils ? Du mien sûrement, puisque je les sentais là, à quelques vagues de moi. Étais-je donc à proximité d'un récif ? Le sang me cognait aux tempes, mon exaltation grandissait, et pourtant je ne bougeais pas, comme paralysé par l'émotion. Les voix continuaient, si près que je finis par me figurer que ces hommes étaient à présent assis sur les plats-bords arrière de mon bateau. Enfin je pus remuer les jambes, puis le tronc, et avec d'infinies précautions je sortis de mon abri – ils allaient me découvrir et je ne voulais pas les effrayer. Mais quand je me redressai, les yeux largement ouverts sur la nuit, il n'y avait plus personne : l'espace arrière de mon bateau était absolument vide et son balancement régulier semblait me narguer.

Néanmoins, je n'avais aucun doute sur la réalité des voix, et tandis que je restais là à contempler le vide, encore ébloui, il me vint à l'esprit que ces voix étaient évidemment celles de mes ancêtres. Bien plus tard, quand je retrouverai mon père, il me racontera que sa première initiative, après avoir appris ma disparition, avait été de prévenir le pasteur et de demander la tenue d'un service religieux à mon intention. Mais, ensuite, mon père avait songé qu'il devait également invoquer nos ancêtres. Il me rapporta qu'il leur avait dit : « Pour le cas où vous ne le sauriez pas, je viens vous apprendre que mon fils a disparu en mer. Si vous pouvez l'aider, aidez-le ! » Et mon père avait eu la certitude que sa prière avait été entendue, car il avait ressenti aussitôt des frissons dans le dos et différentes manifestations physiques qui sont les signes habituels qu'utilisent les ancêtres pour se manifester.

Leur présence auprès de moi, cette nuit-là, me réconforta. Je n'étais plus seul, je pouvais désormais compter sur la connaissance immense qu'ont les ancêtres de la mer, des courants et des vents, et je savais que, si un danger me menaçait, ils sauraient m'en avertir. Tavae, le prénom que je porte, est celui d'un de ces grands ancêtres, et il m'a été donné à dessein par mon grand-père. En me léguant ce nom avant de mourir, le vieil homme a fait de moi un Tahu'a, un roi de la mer, je l'ai dit, héritier d'une famille de Tahu'a que les gens de Huahiné consultent depuis la nuit des temps, notamment sur les caprices de la mer et les secrets de la pêche.

***

Le récit d'Hélène. Mardi 19 mars

Où était papa ? Nous étions nombreux à le chercher les premiers jours, et ça ne donnait rien. Les marins et l'avion de la gendarmerie fouillaient la mer. En vain. Mon oncle Ato partait chaque matin dans une direction différente. Un jour vers Tetiaroa et Huahine. Le lendemain vers Raiatea et Bora Bora. Il était épuisé le soir après douze heures de navigation, mais il ne voulait rien manger. Ce mardi, à la nuit, je le surpris au bord du lagon : il pleurait silencieusement en regardant la mer. Moi aussi je devais lutter pour ne pas sangloter sans arrêt. Comment continuer à vivre, à respirer, tout en sachant papa en pleine détresse, seul, et plaçant certainement tous ses espoirs en nous ? Comment continuer à vivre ?

Ato répétait qu'il le chercherait sans arrêt, à chaque heure du jour, jusqu'à ce qu'il le retrouve. Sa foi et son entêtement nous réconfortaient.

***

Le récit du journaliste

Hélène est venue à la radio le mardi avec sa tante Simone pour demander qu'on la laisse lancer un appel à tous les pêcheurs et donner des informations sur le bateau de son père. Elle n'arrivait pas à parler, elle sanglotait. On a fait l'interview de notre mieux, et finalement c'est sa tante qui a lancé l'appel parce que Hélène n'y arrivait pas. Ensuite, tous les jours, on a relayé l'information en demandant aux pêcheurs d'être vigilants sur un poti marara bleu en perdition, mais on n'a pas eu un seul retour.

***

Ce qui s'était passé dans la nuit me préoccupa toute la matinée du lendemain. Que signifiait la visite des ancêtres ? Dans l'instant, je m'étais dit qu'ils se manifestaient pour me porter secours, mais, plus j'y réfléchissais, plus je songeais qu'ils étaient venus pour me délivrer un autre message que celui-ci. Et tandis que j'étais en pleine méditation, le visage de mon père m'apparut. Son souvenir m'occupa longuement l'esprit, je me remémorai certains moments de notre vie et je sentis qu'une profonde mélancolie me gagnait. Alors je fus saisi d'une intuition qui me bouleversa : mon père venait de mourir, et c'était cette nouvelle terrible que les ancêtres avaient voulu me signifier.

Passé le premier choc, la disparition de mon père,

à laquelle je crus durant toute mon odyssée, me plongea dans une interminable rêverie. Lui, le premier, avait rompu la longue chaîne des Tahu'a de Huahine en se disputant avec son propre père alors qu'il avait à peine dix-huit ans. Je n'avais que quelques mois en ce temps-là, et cette dispute devait être déterminante pour notre avenir, puisque, trois semaines plus tard, nous quittions Huahine pour de longues années d'errance.

Abandonnant sa pirogue et le métier de la pêche qu'il pratiquait depuis sa petite enfance, mon père profita du passage à Huahine de l'*Oiseau-des-Îles*, le bateau de la Compagnie française des phosphates de l'Océanie, pour partir avec sa femme et moi, son premier fils. C'était en 1947. L'*Oiseau-des-Îles* sillonnait alors l'archipel en quête d'ouvriers pour les mines de phosphate de la petite île de Makatea, aux Tuamotu. Mon père ne connaissait rien au travail de la mine, mais on lui dit qu'il avait la force nécessaire pour l'accomplir et qu'il recevrait là-bas une maison pour sa famille et largement de quoi pourvoir à nos besoins.

On ne lui avait pas menti, nous fûmes bien accueillis, et c'est donc à Makatea que je fis mes premiers pas. Nous habitions un village dont les maisons de bois se touchaient et mon père n'avait qu'à suivre le chemin pour tomber, quelques centaines de mètres plus loin, sur les trous de la mine et le petit train qui ramassait le phosphate et l'emportait jusqu'à la mer où patientaient les cargos. Les hommes creusaient le sol avec une pioche, ils remplissaient leur brouette et devaient ensuite la basculer dans le wagonnet le plus proche. Ils étaient classés et payés en fonction du nombre de tonnes qu'ils réussissaient à extraire chaque jour. En dépassant souvent les dix tonnes quotidiennes, mon père était parmi les meilleurs, et peut-être serions-nous devenus riches si nous y étions restés.

Après dix-huit mois, cependant, l'*Oiseau-des-Îles* nous rembarqua et c'est à Tahiti qu'il nous déposa. Sans doute mon père avait-il refusé de retourner à Huahine chez les siens. Nous ne connaissions personne à Tahiti et après nous avoir construit une maison dans un vallon, au-dessus de Papeete, mon père chercha du travail. Il rencontra un Chinois qui possédait des charrettes attelées et lui en confia une. Avec ce tombereau, tiré par deux chevaux, papa devait aller sur les quais de Papeete proposer aux gens qui débarquaient des îles, et parfois d'Europe, de porter leurs bagages jusque chez eux. Il y allait le matin, puis il devait rapporter la voiture au Chinois, et il y retournait l'après-midi.
Je crois qu'il fit ce métier de porteur pendant deux ou trois ans, et mon frère Ato naquit dans ces années-là. Peut-être est-ce sa naissance qui poussa notre père à demander au Chinois une augmentation. Ça se passa mal, en tout cas. Le Chinois refusa et papa s'en alla chercher du travail ailleurs.

Il rencontra un autre Chinois qui fabriquait de la crème glacée et avait quelques tricycles pour en vendre des cornets à travers la ville. Papa en reçut un et il devint ainsi marchand de glaces à Papeete. Nos liens se resserrèrent alors, car, du fait que ma mère avait trouvé à s'employer à la lessive et au repassage dans quelques maisons, papa m'emmenait avec lui sur son tricycle. Nous faisions ensemble la sortie des écoles, il notait les parfums que préféraient les enfants, ceux qui se vendaient le mieux, et, quand nous retournions chez le Chinois pour nous réapprovisionner, il donnait des consignes pour le lendemain.

Un jour, mon père tomba par hasard sur le frère de sa mère qu'il n'avait pas revu depuis des années. Cet oncle habitait à présent Faa'a, vers le kilomètre 5, au bord du lagon, et c'est lui qui persuada mon père de venir construire notre maison de ce côté-ci. L'aéroport n'existait pas encore, et Faa'a, qui compte aujourd'hui près de trente mille habitants, n'en avait qu'un petit millier. Il n'était pas difficile de trouver un morceau de terre pour y dresser sa maison.

Nous habitions Faa'a depuis quelque temps, et la vie était sûrement difficile car d'autres enfants étaient nés, quand une femme des îles Tuamotu conseilla à mon père d'aller là-bas faire le coprah – la coupe des amandes de coco pour l'extraction de l'huile. Mon père crut qu'il allait gagner plus d'argent qu'en vendant des glaces et de nouveau nous nous embarquâmes pour l'archipel des Tuamotu. Mais, arrivé dans ces îles, il s'aperçut très vite que le coprah ne suffirait pas à nourrir sa famille et c'est à ce moment que pêcher la nacre lui apparut comme la seule solution pour s'en sortir. Seulement, il faut savoir plonger, parfois jusqu'à trente mètres de fond, pour aller chercher les nacres, et lui n'avait jamais pratiqué ce métier-là. Il s'entraîna donc tout seul, puis il alla trouver l'opérateur, un Chinois encore, qui l'embaucha pour la campagne qui démarrait. Cette première fois, ils plongèrent durant trois mois à Mururoa où le centre d'expérimentation nucléaire n'était pas encore implanté. À la fin de la campagne, mon père avait ramassé trois tonnes de nacre, ce qui nous permettait de vivre.

La pêche à la nacre allait devenir son métier pour plusieurs années, jusqu'à ce qu'un de ses tympans éclate et que le médecin lui conseille d'arrêter. Mais, pour les campagnes suivantes, il n'emmena plus qu'Ato et moi aux Tuamotu, laissant le reste de la famille à Faa'a. J'avais une dizaine d'années, alors, et Ato trois ans de moins. Nous n'étions pratiquement pas allés à l'école et nous n'irions plus. Mon père avait besoin de nous, de moi surtout, pour pêcher. On se tenait dans la barque. Quand papa était au fond de l'eau, on remontait le lest qu'il utilisait pour descendre. Et quand le panier de nacres était plein, on se mettait à trois pour le hisser à bord. Papa aimait ce métier, il replongeait inlassablement, malgré la fatigue, parce qu'il avait toujours l'espoir de trouver une perle. Mais il répétait que c'était dangereux et il nous interdisait de plonger à plus de dix mètres. Il disait qu'il fallait de la raison pour ne pas céder à l'appât du gain et ne jamais oublier, lorsqu'on était en bas, de prévoir le temps nécessaire à la remontée. Certains pêcheurs se noyaient, d'autres devenaient fous pour n'avoir pas su s'arrêter à temps.

Quand il dut cesser de plonger, il se remit à la

pêche au poisson volant et au mahi mahi au large de Tahiti, mais ce n'est qu'après la mort de son père qu'il retourna vivre à Huahine.

Cette méditation, qui ressemblait aux homélies des récitants au chevet des défunts, m'avait étrangement apaisé. Comme si, en la menant, j'avais poursuivi le dialogue engagé durant la nuit avec mes ancêtres, et renoué certains liens interrompus par notre longue absence de Huahine.

Je dormis calmement la nuit suivante, et, quand je me réveillai, je n'avais plus ce poids sur le cœur. L'angoisse s'était dissipée, je n'étais plus dans cette attente fébrile d'un bruit, d'un signe. Ma situation m'apparaissait désormais comme un nouvel épisode de ma vie, une épreuve que je devais accepter et à laquelle je devais faire face avec force et sérénité aussi longtemps qu'en déciderait le Ciel.

Ce fut le sens de ma prière ce matin-là. Puis je pris le temps de considérer tranquillement les choses : il y aurait bientôt une semaine que je dérivais et mon bateau n'avait subi aucun dommage, j'étais moi-même encore en parfaite santé, largement pourvu en poisson séché et disposant d'une bonne réserve d'eau. Ces constatations m'ouvrirent les yeux sur cette vie qui était devenue la mienne au fil des jours : celle d'un naufragé. Jusqu'à présent, je m'étais défendu contre ce destin, ne songeant qu'à y échapper, j'allais maintenant l'accepter et occuper mes heures du mieux possible. Ces résolutions m'ouvrirent l'appétit et, bien qu'immobilisé, je décidai d'essayer de pêcher. En réalité, j'en avais assez du poisson séché et, reprenant sans doute un certain goût à la vie, j'avais soudain faim de nourriture fraîche.

Mes efforts, ce jour-là, ne furent pas couronnés de succès. Le soleil chauffait la surface de l'eau, des poissons avaient trouvé refuge à l'ombre de ma coque comme je pouvais m'y attendre. En prenant le temps de les observer, je m'aperçus qu'il s'agissait de *oiri,* qu'on appelle aussi poissons-chirurgiens. Ils se tenaient tout à fait sous mon bateau et je devais découvrir un moyen de les faire sortir avant de tenter quoi que ce soit. Le seul appât dont je disposais était mon poisson séché, et j'étais occupé à en préparer des petits morceaux quand je reconnus tout à coup le sillage fluorescent d'un mahi mahi. Aussitôt je m'aplatis dans mon bateau, s'il me voyait, s'il croisait mon regard, c'était fichu : il repartirait aussitôt et je n'avais plus aucun moyen de le prendre en chasse.

Tapi sous le plat-bord, je tendis lentement le cou pour voir ce qu'il fabriquait : il n'avait aucun soupçon et continuait de se rapprocher tout en allant et venant. Je compris que lui aussi s'intéressait aux poissons-chirurgiens, de sorte que, si je parvenais à ne pas éveiller sa méfiance, je devais pouvoir l'attraper par surprise. Je rampai donc jusqu'au pont où était arrimé mon harpon et tâchai de me placer dans la position la plus favorable pour bondir comme un ressort au moment propice. Le mahi mahi est vif et rapide, et je devais l'être au moins autant que lui puisque, par la force des choses, je ne pouvais pas l'épuiser avant de le harponner. Il fut plus agile que moi et, le temps de viser, il m'avait échappé.

Cette subite agitation donna l'alerte aux poissons-chirurgiens qui s'enfuirent également, mais cette première tentative m'avait absorbé une partie de l'après-midi et j'espérais bien revoir rapidement les poissons-chirurgiens.

***

Le récit d'Hélène. Jeudi 21 mars

Ato était reparti à l'aube pour Raiatea. Ma tante et moi, nous fîmes ce jour-là le tour de l'île en voiture pour prévenir tous les pêcheurs, qui connaissaient plus ou moins papa, de sa disparition. Dans tous les ports, à Mataiea, Papara, Punaauia, on demanda s'ils ne l'avaient pas croisé le samedi ou le dimanche, s'ils n'avaient pas entendu dire quelque chose depuis. C'était difficile, parce que je ne pouvais pas m'empêcher de pleurer en pensant à lui, en prononçant seulement son nom.

Chaque soir, avec mon mari et mes deux enfants, nous demandions à Dieu de nous le ramener. Je gardais confiance grâce à la prière. Je me disais : Dieu qui sait combien j'ai foi en lui ne peut pas faire de mal à mon père. Lui seul sait où il se trouve en ce moment, et il va le protéger et nous le rendre. Dieu ne peut pas vouloir qu'il lui arrive malheur. C'est impossible ! Impossible !

***

Les poissons-chirurgiens aimaient décidément la compagnie de mon bateau. En me penchant, le lendemain, je les retrouvai là, se maintenant dans mon ombre, presque immobiles. Mon désir avait grandi d'en manger un, et je repris la préparation de mes appâts. Je les jetai à quelque distance du bateau et attendis. L'un vint en prendre un morceau, et bientôt les autres le suivirent. J'eus le temps d'observer celui que je voulais manger. Alors j'expliquai rapidement au Seigneur que j'avais besoin de la chair de celui-ci pour me maintenir en bonne santé, je lui demandai de guider mon bras, et je lançai. Cette fois, le harpon ne manqua pas sa cible.

C'est également aux Tuamotu qu'avec Ato nous avions appris à aimer le poisson-chirurgien. Là-bas, les pêcheurs de nacres avaient une façon particulière et succulente de le préparer : ils le faisaient d'abord griller d'un côté et de l'autre sur un feu de bois, puis ils retiraient la peau, une peau épaisse qui avait pris la consistance d'une croûte avec le feu. À ce moment-là, ils déposaient sur la chair de fines lamelles du foie qu'ils avaient conservé, avant de recouvrir le poisson de sa peau et de le remettre sur le feu, de sorte qu'en fondant le foie, qui est très gras, imprégnait profondément la chair. On disait alors que le poisson était « monamona », ce qui revient à dire aussi délicieux qu'une friandise dégoulinante de sucre.

Je ne pouvais pas cuire mon poisson, mais je fis un peu comme aux Tuamotu : en le vidant, je gardai soigneusement le foie, puis j'enlevai la peau tellement épaisse du chirurgien, et je mangeai alternativement une bouchée de sa chair et une lamelle de foie. La graisse du foie parfumait la chair et je ressentis ce jour-là en me nourrissant une sorte de félicité : à la satisfaction de prendre soin de moi, en dépit du dénuement où je me trouvais, s'ajoutait l'émotion de rejoindre Ato par le souvenir.

S'était-il lui aussi perdu en mer comme j'en avais fait le cauchemar ? Où était-il à cette heure-ci ? Depuis la pêche aux nacres aux îles Tuamotu, nos deux vies n'avaient plus cessé d'être mêlées. Et, ces dernières années, l'installation de la radio sur nos deux bateaux nous avait confortés dans le sentiment d'être véritablement les rois de la mer : nous pouvions nous appeler facilement, bravant les déferlantes, les rafales, la pluie, comparer nos pêches, se moquer souvent de la malchance de l'un ou de l'autre, mais avec la certitude tranquille qu'on se retrouverait quelques heures plus tard pour débarquer nos poissons sur le même ponton. Nous étions les deux derniers pêcheurs de Faa'a, tous les autres avaient fini par prendre un autre métier, et l'idée que la mer nous séparerait un jour ne nous effleurait pas.

Quel âge avions-nous au retour des Tuamotu, quand notre père dut renoncer définitivement à la plongée ? Ato, quatorze ans peut-être, et moi dix-sept. Entre-temps, Faa'a était devenue méconnaissable. La maison qu'avait bâtie papa au bord de l'eau n'était plus là : ils avaient comblé le lagon dans lequel nous pêchions. Il fallait se pincer pour y croire, personne n'aurait pu imaginer qu'une telle entreprise fût possible.

Combler le lagon ! Déverser dans la mer des millions de tonnes de pierres et de terre, jour après jour, mois après mois, jusqu'à ce que la mer renonce et se retire ! À la place du lagon immense sur lequel notre père nous avait enseigné, à bord de sa pirogue, les gestes qu'il avait appris de son propre père s'élevait maintenant le chantier d'un aéroport long de plus de trois kilomètres. On disait que les avions à réaction allaient atterrir là, arrivant directement d'Europe et des États-Unis. C'était au début des années 1960. Nous n'avions jamais vu de tels avions, en ce temps-là nous ne connaissions que l'hydravion qui reliait Papeete à Bora-Bora. Les avions d'Europe et des États-Unis se posaient à Bora-Bora, sur une piste qu'avaient construite les soldats américains pendant la deuxième guerre mondiale.

Non, notre maison n'était plus au bord de l'eau, et il fallait voir cela pour ne pas l'oublier, car parfois des images anciennes revenaient nous hanter la nuit, et on pouvait croire en se réveillant que la mer était encore là. Nous qui étions pêcheurs, nous retrouvions en pleine terre, comme des paysans, ou des poissons abandonnés sur le sable à marée basse. Personne ne vint nous dire où mouiller notre pirogue désormais, et nous la transportâmes donc de l'autre côté de la piste d'aviation. Au début, on nous laissa traverser plusieurs fois par jour, puis les premiers avions se posèrent dans des grondements assourdissants qui nous laissaient muets de stupeur, et les gens de l'aéroport nous avertirent qu'il était interdit de courir sur la piste. Toutefois, quand ils comprirent que notre pirogue était de l'autre côté, ils convinrent qu'il n'y avait pas d'autre solution que de traverser, en effet, et nous continuâmes à le faire, avec nos lignes et nos filets dans un sens, avec nos paniers pleins de poissons dans l'autre.

Mais le ciel fit bien les choses car, aux premières grandes pluies, toutes les eaux des montagnes qui se jetaient auparavant dans le lagon, au pied de notre maison, déferlèrent sur l'aéroport et inondèrent la piste. Les ingénieurs venus de France avaient sans doute sous-estimé la violence de nos pluies. Ils décidèrent alors de creuser en toute hâte un chenal entre la terre et l'aéroport, et bientôt, par la grâce de ce chenal, notre maison se retrouva de nouveau au bord de l'eau. Nous n'eûmes plus qu'à construire un ponton pour y amarrer notre pirogue.

Au début, et malgré cet ennui de se retrouver loin de la mer, nous ne vîmes aucun des risques de l'aéroport, il nous apparut plutôt comme une aubaine. Nous fûmes embauchés tous les trois sur le chantier, notre père à la construction des digues, Ato et moi pour différentes choses – c'est nous qui plantâmes certains des arbres qui ombragent aujourd'hui les parkings. Le travail ne manquait plus à Tahiti, il y en avait même tellement, soudain, que des gens débarquaient de toutes les îles et que chaque jour de nouvelles maisons s'élevaient tout autour de nous à Faa'a. Et cependant, Ato et moi ne pensions qu'à retourner à la pêche. Nous plongions presque tous les soirs de la semaine, jusqu'à onze heures ou minuit, profitant de l'obscurité pendant laquelle les poissons s'assoupissent pour les surprendre.

Nous pêchions chacun de notre côté, déjà, là-bas, au large, le long du récif, mais nous étions ensemble sous l'eau et nous pensions l'un à l'autre. Nous avions la même aptitude à pressentir le danger, et cette intuition particulière nous protégeait mieux qu'un compagnonnage. Je me rappelle combien j'avais la perception de tous les animaux qui m'entouraient et quel frisson me saisissait lorsque, sans l'avoir vu, je sentais la présence, non loin de moi, du requin jaune. Nous avions des lampes que nous enduisions de résine pour qu'elles soient étanches. J'éclairais, et le requin jaune était là, en effet. Cet animal est presque aussi intelligent qu'un homme. Il ne faut jamais s'élancer vers lui, car alors il charge. Je regardais dans quel état d'esprit il se trouvait : s'il était serein, amical, je ne me préoccupais plus de lui et je poursuivais ma pêche, sinon je me réfugiais sur un pâté de corail en attendant qu'il s'en aille.

Vers minuit, nous ramenions nos poissons. Nous les mettions en « filoches », c'est-à-dire par petits paquets de cinq enfilés par les ouïes, et nous allions nous coucher. Le lendemain matin, pendant que nous étions sur le chantier de l'aéroport, notre mère vendait les filoches au bord de la route ou sur le marché de Papeete.

Oui, où était Ato à cette heure-ci ?

***

Le récit d'Hélène. Dimanche 24 mars

Ce soir-là, les gendarmes nous dirent qu'ils arrêtaient définitivement les recherches. Après seulement huit jours. Cela me précipita dans un malheur sans fond. J'aurais voulu trouver les mots pour les convaincre que papa était vivant, qu'il attendait les secours, parce que j'étais certaine qu'il était vivant, aussi certaine que mon cœur battait dans ma poitrine. Mais je me sentais impuissante à les convaincre et le chagrin me submergeait. Je n'arrivais même plus à parler. C'était comme si le monde se détournait de nous. Ils abandonnaient papa en perdition, ils nous abandonnaient à notre détresse. Voilà, on pouvait bien pleurer, on ne les intéressait plus.

Ato poursuivait seul les recherches avec le mari de sa fille. Ils étaient repartis vers Huahine, ils comptaient dormir là-bas et aller le lundi du côté de Bora Bora, puis de Maiao.

***

Le récit du journaliste

Hélène est revenue à la radio le lundi, elle était tout en pleurs parce que les gendarmes venaient d'arrêter les recherches. Elle m'a dit que, si seulement elle pouvait gagner au loto, elle louerait un hélicoptère pour aller chercher son père. Elle voulait lancer un nouvel appel à tous les pêcheurs. Je l'ai enregistré. Elle disait que son père n'était pas mort, qu'il était toujours sur la mer, qu'il ne fallait pas l'abandonner. C'était un peu bref comme message parce qu'elle n'en pouvait plus. J'ai donc fait un commentaire derrière pour répéter l'appel. Mais il n'y a pas eu de retour. Peu après, il y a eu le crash du petit avion, qui transportait trois élus, au-dessus de l'archipel des Tuamotu. Un gros dispositif de recherche a été mis en place, mais là non plus ils n'ont rien trouvé. Pour le père d'Hélène, je ne sais pas ce qu'ils ont vraiment mobilisé comme moyens… Sa disparition n'a pas fait grand bruit sur le territoire. Après deux semaines, plus personne n'en parlait.

***

Un matin, je dus recompter les encoches sur ma boîte de fusées : je ne parvenais pas à le croire, il y avait dix jours que j'étais en perdition. Dix jours, et pas un avion ne m'avait survolé, pas un bateau n'avait croisé ma dérive. On ne me cherchait pas, j'en eus la conviction, mais curieusement, au lieu de m'abattre, cela me remplit un instant de colère.

Puis la journée s'engagea comme d'habitude. Le temps se maintenait uniformément au beau, contribuant à rendre tous les jours semblables. La chair crue du poisson finirait par m'écœurer, mais, dans ces premières semaines, je me réveillais l'appétit bien ouvert et impatient de pêcher comme chaque matin. Les poissons-chirurgiens ne me lâchaient pas, et leur observation, le choix de l'un d'entre, eux puis sa prise m'absorbaient une partie de la matinée.

Je mangeais avec application, résolu à ne pas me laisser dépérir. Qu'est-ce que j'espérais, puisque de toute évidence on ne se préoccupait pas de moi ? Je crois qu'au fil du temps j'avais cessé de me poser sans arrêt les mêmes questions, comme si mon cerveau, petit à petit, ne s'était plus concentré que sur l'essentiel : me maintenir en vie envers et contre tout. Je pensais à cela, oui, à garder mes forces, et j'évitais de penser au-delà : combien de temps allais-je parvenir à survivre ? Vers où me portait le courant ? Que deviendrais-je en cas de tempête ? Me remémorant aujourd'hui mon état d'esprit d'alors, j'ai le sentiment qu'une certaine inconscience s'emparait progressivement de moi, me protégeant de l'angoisse des questions sans réponse. Du moins aux meilleures heures de la journée.

Le ventre plein, j'entreprenais ensuite l'entretien de mon bateau. Le désir de me préoccuper de lui m'était venu naturellement, au fur et à mesure que me quittait l'impatience, l'attente obsédante des secours. Ce bateau, qui était la condition de ma survie, méritait d'être soigné. J'avais retrouvé une de ces éponges à vaisselle qui ont une face rugueuse et l'autre lisse, et inlassablement je le nettoyais. Je traquais les algues dans les petits fonds de cale, sous le moteur, dans les coffres, je séchais et aérais tous les recoins. Vu du ciel, je devais paraître étrangement insouciant, immobilisé en plein Pacifique et briquant néanmoins avec application chaque centimètre de mon embarcation.

Avec la tombée de la nuit, cependant, les questions revenaient me hanter. Le soir était le moment le plus difficile, celui où plus rien ne me distrayait de la détresse silencieuse dans laquelle je m'enfonçais malgré toutes mes résolutions. Je me disais que l'immensité de l'océan austral ne me laissait guère d'espoir de toucher une terre au hasard et que, les jours passant, même Hélène, même Ato, qui m'étaient si chers, finiraient par admettre l'idée de ma disparition. C'est un sentiment horrifiant de se savoir vivant tout en imaginant les larmes de deuil de ses proches. On voudrait appeler, hurler. On se sent devenir fou d'impuissance. Alors je me relevais. Je ne pouvais plus trouver le sommeil et j'éprouvais curieusement le besoin de me remettre aux commandes de mon bateau, dans le trou d'homme, à l'avant, et de scruter la nuit fiévreusement jusqu'à ce que mes paupières, engourdies, me précipitent dans un sommeil de bête.

***

Le récit d'Hélène. Lundi 1er avril

Ato était rentré sur Huahine se reposer un peu. Il m'a téléphoné pour me demander si on n'avait pas appris quelque chose par les pêcheurs de Tahiti. Non, les gens ne parlaient plus de papa, on se sentait très seuls. Mon oncle a compris combien j'étais triste et il m'a passé d'autres personnes de ma famille qui ont cherché à me redonner du courage. « Ne t'inquiète pas, ton père est toujours vivant », m'ont-ils tous assuré. « Je sais, je sais. » Je ne pouvais que répéter cela parce que, à chaque instant, je sentais la présence de mon père, comme s'il avait respiré tout près de moi. La nuit précédant ce coup de téléphone, je l'avais même entendu dans mon sommeil qui me disait : « Ma fille, aide-moi, trouve quelqu'un qui vienne me chercher, je n'en peux plus, je suis très fatigué, je meurs de faim, je veux rentrer chez moi, je veux voir ma famille. » Sa voix m'avait semblé si vivante, si proche, que je m'étais levée pour aller voir s'il n'était pas dans son lit...

***

Le récit d'Ato

Je suis rentré un mardi de Huahine. Hélène était désespérée. Après être allé dans toutes les directions possibles, j'avais la quasi-certitude que mon frère était mort. Mais ma sœur Simone, elle, croyait comme Hélène qu'il était vivant. Notre mère lui était apparue dans son sommeil et elle lui avait annoncé que Tavae était toujours vivant. Et la femme du diacre le lui avait confirmé en lui disant cette phrase qu'elle me répéta : « Il ne faut pas vous inquiéter outre mesure, parce que je suis persuadée qu'il est encore en vie. »

Avant que je quitte Huahine, on m'avait aussi rapporté que François, le Chinois qui sait lire l'avenir, avait déclaré : « Il n'est pas mort, je le vois, il est toujours à la dérive. »

Ces prédictions, qui se renforçaient l'une l'autre, m'ont redonné un peu confiance et j'ai repris la mer le lendemain.

***

Une nuit, je me réveillai en sursaut. Le vent s'était brutalement levé, la mer était en train de se former et le bateau faisait de violentes embardées. Je sortis de mon abri, ankylosé, et j'eus peur d'être jeté par-dessus bord. La place la plus sûre se situe alors aux commandes, calé dans le trou d'homme qui enserre étroitement la taille, et je m'y glissai. Le moteur ne répondait plus, mais le gouvernail, si, et je parvins à me mettre debout au vent et à la vague. La nuit était belle, exceptionnellement lumineuse, on aurait dit que le vent, à force de frotter les étoiles, leur avait donné un éclat nouveau. Je m'appliquais depuis deux ou trois heures à faire front à la mer et au vent pour soulager le bateau, quand j'eus soudain une vision extérieure de moi, comme si mon esprit s'était dédoublé. Je me vis dressé telle une apparition dans le mugissement du vent, luttant, les lèvres closes, les poings serrés, contre cette brusque colère de l'immensité. Il n'y avait plus rien d'humain dans ma situation, j'avais été arraché au monde des hommes et maintenant je voguais dans un espace universel et absolument dépeuplé où toutes mes forces rassemblées ne pesaient rien, où je survivais par accident en attendant qu'une convulsion plus violente que les autres m'engloutisse. Ma solitude me glaça le sang et je m'entendis appeler sourdement ma femme.

« Temarii ! Temarii ! »

Me voyait-elle de l'endroit où elle reposait ? Ma

voix montait-elle jusqu'à son oreille ? Je me mis à lui parler.

« Écoute, lui dis-je, bas comme je le suis sur l'eau, je n'aperçois rien. Mais toi, tu vois peut-être au-delà de la mer, et alors tu sais vers où me portent les vents et les courants. Si tu le peux, aide-moi, fais-moi signe, je me sens seul comme jamais de ma vie je ne l'ai été. »

Ces premiers mots me firent du bien et je continuai.

Ça n'était pas la première fois que je me confiais à Temarii depuis sa mort, sept ans plus tôt, et alors que Caren, notre dernière fille, n'avait que six ans et demi, mais, cette nuit-là, les mots me vinrent facilement, comme si je la sentais tapie quelque part en train de m'écouter. Temarii savait écouter. Notre longue vie commune fut parfois traversée d'orages, mais nous avions confiance l'un dans l'autre et nous nous soutenions mutuellement.

En lui racontant ma détresse, je me souvins combien nos premiers mois avaient été en même temps enthousiasmants et difficiles. C'était au début de l'année 1964. Je n'avais pas dix-huit ans et Temarii était une femme déjà, vingt-trois ans et trois enfants ! Tout de suite, je lui dis que je saurais bien les nourrir tous les quatre, moi qui n'avais encore rien, ni maison ni bateau. Mon père était contre notre union, il ne voyait que les difficultés, il ne pouvait pas imaginer combien j'étais amoureux. Temarii incarnait à mes yeux tous les bonheurs qu'offre une femme, je n'en avais connu aucune autre avant elle. La maison familiale était trop petite pour nous cinq, et je dus bientôt nous en bâtir une non loin du chenal. Il restait encore quelques parcelles sur cette terre marécageuse que nous avions connue vierge dix ans plus tôt. Quand mon père nous y avait installés, elle appartenait à un homme du nom de Robson qui n'était pas mécontent que les gens construisent chez lui, car il percevait ensuite un petit loyer. En 1964, le terrain était devenu la propriété de l'aéroport international. Lui ne prenait pas de loyer, mais il voulait nous faire partir car nous nous trouvions dans sa zone de sécurité. Il avait pris la mer, et maintenant il voulait aussi prendre la terre.

Cette même année, je décidai de ne plus me consacrer qu'à la pêche. Pourtant, il n'y avait jamais eu autant de travail à Tahiti. L'aéroport à peine terminé, on commençait l'implantation du Centre d'expérimentation du Pacifique. Les tirs auraient lieu à Mururoa et Fangataufa, mais la base arrière du centre serait à Papeete et les travaux d'agrandissement du port avaient déjà démarré. Mon père s'était fait embaucher à l'édification de la longue digue, sur le récif, qui allait permettre la construction d'installations portuaires gagnées sur la mer et la création de plusieurs bassins pour les cargos et les navires militaires. On disait qu'il y avait moyen, désormais, de gagner largement sa vie sur terre, mais Ato et moi préférions la mer.

Nous n'avions pas de bateau, ni les moyens d'en acheter un, et nous nous fîmes donc nos premières pirogues durant cette année 1964, où des voitures surgirent chez certains de nos voisins qui avaient à peine de quoi manger cinq ans plus tôt. Notre père et notre grand-père avaient pêché à bord de pirogues creusées dans des troncs d'arbre à pain. L'homme qui avait conçu celle de notre père, un spécialiste, était un vieux de Tahiti qui avait épousé une femme de Huahine. Papa avait toujours cette pirogue dans laquelle nous avions appris à pêcher. Quant à celle de son père, il en avait retiré le balancier après sa mort et l'avait enterrée sous sa maison en signe de chagrin et de deuil. Les pirogues que nous nous fabriquâmes étaient faites de planches cousues entre elles et calfatées avec de la bourre de coco mélangée à de la sève d'arbre à pain. Elles étaient moins résistantes que les pirogues creusées, mais plus rapides à construire, et plus légères.

À cette époque, pour être certains de rapporter une pêche abondante, Ato et moi allions sur l'atoll de Tetiaroa, à trois heures de mer de Tahiti. C'était toute une organisation. Il fallait se mettre d'accord avec un bonitier, un de ces petits chalutiers qui ne pêchent que la bonite, pour qu'en échange d'un peu d'argent il accepte de nous embarquer avec nos pirogues et de nous déposer à proximité du récif de Tetiaroa. Les deux premières nuits, on attrapait tous les poissons de lagon qui somnolent plus ou moins dans les cavernes du corail, les *tarao*, les apai, les poissons-chirurgiens, et on remplissait les glacières. La troisième nuit, on pêchait la langouste qui se vendait très bien à Papeete. Pendant la journée, on se reposait plutôt que de courir inutilement après le poisson. On dormait sous les arbres et, pour le repas, on faisait griller deux ou trois crabes de cocotier, les gros *kaveu,* dont les pinces sont si puissantes qu'elles peuvent ouvrir une noix de coco. Puis le bonitier nous ramenait à Tahiti et moi je retrouvais Temarii qui attendait notre premier enfant.

J'étais fier d'être l'homme d'une femme qui était allée suffisamment à l'école pour savoir lire, écrire et parler un peu le français, toutes choses qu'Ato et moi ne savions pas. Temarii avait des idées pour élever les enfants, elle savait tenir une maison, nourrir une famille et, avec elle à mes côtés, la vie ne me faisait pas peur malgré les difficultés. Notre premier enfant fut une fille, Germaine, qui devait me donner vingt ans plus tard mon premier petit-fils, Léon, ce gamin qui n'en fait qu'à sa tête. Cependant, Germaine nous porta bonheur – quelques mois après sa naissance, je parvins à acheter mon premier bateau à moteur : un petit canot de quatorze pieds avec un moteur hors-bord de vingt chevaux. Je n'avais pas économisé grand-chose, mais la banque avait confiance en mon père et elle accepta de me prêter l'argent.

Ce nouveau bateau me changea la vie. Avec lui je pouvais me passer des bonitiers et aller seul jusqu'à Tetiaroa. Ou, si le temps s'y prêtait, pêcher le poisson volant au large de Papeete. On le capture de nuit grâce à une forte lumière qui l'aveugle. Alors il reste une seconde comme paralysé et il n'y a plus qu'à l'attraper d'un coup d'épuisette. C'est pour le poisson volant, qu'on appelle aussi marara, qu'ont été inventés à l'origine les poti marara, nos bateaux qui se gouvernent par l'avant. Enfant, mon père m'avait appris à pêcher le marara en pirogue, avec des torches de cocotier ou de pandanus qu'on enflammait. Cinq torches suffisaient pour remplir le bateau de poissons. Toutefois il ne pouvait plus être question de torche dans mon canot à moteur et je me fabriquai donc un projecteur frontal que je collai sur un casque de chantier. Ce premier bateau à moteur n'était pas très rapide, mais il me permit néanmoins de commencer à chasser sérieusement le mahi mahi au harpon.

Je rapportais plus de poisson qu'avec la pirogue, je pêchais souvent nuit et jour, dormant un peu le matin seulement ; pourtant nous n'étions pas plus riches qu'avant – le remboursement de l'emprunt nous prenait tout ce que je gagnais en plus. Parfois, cela mettait Temarii en colère. Elle qui restait à terre voyait nos voisins s'enrichir, beaucoup pouvaient désormais s'acheter des téléviseurs, des réfrigérateurs, tandis que pour nous c'était impossible. Qu'est-ce que je pouvais lui dire ? On se disputait, mais, une fois en mer, je n'y pensais plus.

Puis Temarii fut de nouveau enceinte, et j'eus la certitude que cette fois ce serait un garçon. Tous nos vieux avaient eu un garçon auquel ils avaient enseigné les secrets de la mer, enfin mon père m'avait eu, j'avais tout appris de lui, maintenant c'était à moi de recevoir un successeur. Le 8 mars 1967 naquit un garçon. L'émotion me noua la gorge. Cet enfant-là deviendrait à son tour roi de la mer, je le savais, c'était une évidence voulue par le ciel. Alors, comme l'avait fait pour moi mon grand-père, je le baptisai du prénom de Tavae.

L'arrivée de ce premier fils illumina notre vie comme si, en nous le donnant, le Seigneur avait accordé une grâce particulière à notre maison. Le cœur de Temarii s'ouvrit, les mauvais esprits qui la traversaient parfois s'éloignèrent. Je venais de fêter mes vingt et un ans, je me sentais fort et confiant, car tout ce qui voyait le jour autour de nous semblait être conforme à la volonté de Dieu.

Quand l'aube me surprit, perdu en plein Pacifique, j'étais encore en train de dialoguer silencieusement avec Temarii. Mon Dieu, comme notre vie avait été pleine et heureuse les premières années !

Et pourtant, elle avait paru ensuite se détraquer, nous échapper. Bien peu des espoirs que nous avions nourris pour nos huit enfants se réalisèrent, comme si des esprits malins s'étaient ingéniés de l'extérieur à les détourner du bon chemin. Des esprits malins, oui, qui firent que le monde que nous avions connu fut rejeté au fil des années par nos propres fils. Rejeté, et même tourné en dérision. Qu'avions-nous fait pour mériter ce châtiment : la négation, l'effacement ? Jusqu'à la mort, en 1997, du seul qui aurait pu prendre ma suite, ce fils aîné, Tavae, dont la naissance m'avait rempli d'espoir et de fierté. Jusqu'à sa mort, à l'âge de trente ans seulement. Et jusqu'à ce long naufrage, me dis-je ce matin-là, qui m'est peut-être envoyé comme une ultime épreuve…

Vers midi, cependant, le vent faiblit et petit à petit la mer retomba. Pourquoi le Seigneur me maintenait-il en vie ? Qu'attendait-il encore de moi ?

***

Le récit d'Hélène. Dimanche 7 avril

Papa avait disparu depuis maintenant trois semaines. Nous avions de nouveau fait le tour de l'île, avec ma tante Nathalie cette fois, pour rappeler sa disparition aux pêcheurs et redonner le signalement de son bateau. « Un poti marara du nom de Teha II, numéro PYH080, si vous le voyez, appelez-nous vite, s'il vous plaît... »

La veille de ce dimanche, je m'étais disputée avec d'autres tantes qui étaient venues me raconter que, selon le voyant, papa se serait trouvé du côté de Maiao, reclus dans son bateau, et qu'il attendrait qu'on vienne le chercher. J'étais furieuse. « Le voyant vous dit n'importe quoi parce qu'il veut vous soutirer de l'argent, et vous, vous marchez ! » Elles étaient reparties vexées et fâchées contre moi.

Selon un autre voyant, papa aurait été vers Tupai. Mes tantes avaient rapporté l'information à mon oncle Ato qui était aussitôt parti pour Tupai.

Mon mari et moi, nous ne croyons pas à toutes ces bêtises. Lui me répétait avec raison : « Ne pleure pas, ton père est un homme courageux, il tiendra le coup. Continue de prier le Seigneur, il va t'entendre. »

***

Le récit d'Ato

À la fin de la troisième semaine, j'ai décidé d'arrêter les recherches. En rentrant de Tupai, près de Bora-Bora, j'ai appelé ma sœur Simone pour le lui dire. J'étais fatigué et très déprimé, je n'y croyais plus. Je suis resté sans pouvoir rien faire jusqu'au mardi soir. Le mercredi matin, j'ai recommencé à pêcher.

***

Un après-midi, je pris ma boîte de fusées, et j'allais tracer une nouvelle encoche quand j'eus soudain le sentiment de l'avoir déjà fait quelques heures plus tôt. Seigneur, comment savoir ? Tout en cherchant à me remémorer mon emploi du temps, je levai le regard. Le soleil avait commencé à décliner, une houle longue et puissante soulevait mon bateau avec la ponctualité monotone d'un balancier d'horloge. Je restai un moment à contempler le vide hallucinant de ce tableau, guettant inconsciemment, je crois, un indice, un objet quelconque qui serait enfin à mon échelle. Comme il ne se passait rien, l'idée me traversa que ce pouvait être cela, la mort : cette solitude incroyable, interminable, cette surdité des choses, dans un néant de mer et de ciel confondus. Oui, ça pouvait être cela, la mort. Peut-être avais-je quitté le monde des vivants pour entrer insensiblement dans celui des défunts.

« Temarii, appelai-je tout haut, je ne sais même plus si je suis vivant ou mort. »

Alors le son de ma propre voix me revint en écho, comme la preuve troublante de mon existence. Mais cette voix était celle d'un homme qui n'avait plus parlé depuis la nuit des temps : rouillée, fruste. Elle me fit frissonner d'effroi malgré la chaleur. Puis je revins à ma comptabilité, et la même incertitude me saisit : j'étais incapable de déterminer de quand datait ma dernière encoche. Je m'étais endormi au moment du zénith, à demi enfoui sous l'abri de mon pont. Mais qu'avais-je fait avant de sombrer dans ce lourd coma de midi ? Je ne savais pas. Plus rien ne se tenait dans mon esprit, tout y semblait confus et entremêlé. Je passais maintenant une grande partie de mes nuits debout à l'avant de mon bateau, comme un spectre, pour échapper à l'angoisse, de sorte que mes jours étaient entrecoupés de longues plages de sommeil. J'avais fini par en perdre la notion du temps.

Depuis cette nuit de grand vent où Temarii m'était apparue – quand était-ce ? je ne pouvais plus le dire –, une sourde colère me visitait par moments. Non pas contre elle, mais contre mes fils, ou contre ceux qui leur avaient tourné la tête. Tous s'étaient éloignés de la pêche, à l'exception de Tavae. Et pourquoi ? Pour quelles illusions ? Si loin d'eux, si loin du monde, ces questions m'obsédaient.

Longtemps je n'avais pas cru ce qu'on racontait

autour de nous, sur cette bande de terre marécageuse qui était devenue une véritable ville coincée entre l'aéroport et la route territoriale. Une ville de maisons basses aux cloisons de contreplaqué et aux toits de tôle ondulée. On disait que les jeunes ne pensaient plus qu'à traîner, qu'à chaparder à droite à gauche. Bon, peut-être. En attendant, les nôtres allaient à l'école, ils étaient bien tenus, Temarii veillait à leur éducation, et déjà l'aîné m'accompagnait en mer.

Il n'était pas fort comme Ato ou moi enfants, et cela me souciait. Il apprenait bien, il ne se plaignait pas, mais il soufflait comme un petit animal.

– Qu'est-ce que t'as donc que t'es déjà fatigué ? je lui disais.

– Je suis pas fatigué, c'est le poisson qui est lourd.

– Le poisson, il est comme il est, et, si t'es pas de taille à le nettoyer, tu seras pas de taille à l'attraper.

Qu'est-ce qu'il croyait, que le mahi mahi se laisse prendre comme un crabe de cocotier ?

– Ton harpon, si tu le lui rentres pas dans la tête, jamais tu le remonteras à bord. T'as bien compris ?

– J'ai compris, papa.

– Tu dis ça, et t'as peur de lancer.

– J'ai pas peur, je lance de toutes mes forces.

Après ça, il tremblait. Je regardais ses bras, à peine plus épais qu'une tresse de pandanus, et je commençais à regretter de lui avoir donné ce nom de Tavae. Roi de la mer, cet enfant chétif ? Quand je voyais ses frères, Giovanni, puis Terii, puis Hubert, je me disais que le Seigneur m'avait joué un drôle de tour : eux ne portaient pas ce prénom prédestiné, mais ils étaient déjà plus costauds que leur aîné.

Un drôle de tour, en effet. Un jour, on apprit par l'école que Tavae souffrait d'une maladie respiratoire. Il pouvait choisir le métier de pêcheur, le médecin ne s'y opposait pas, mais la plongée lui était interdite. Un homme qui n'avait pas vécu de longues nuits sous l'eau, côtoyé le requin jaune, senti courir sur sa peau les frissons de l'excitation et du danger, cet homme-là méritait-il le nom de pêcheur ?

Tavae le devint néanmoins et, à dix-neuf ans, il eut son premier bateau, un canot en contreplaqué propulsé par un moteur de quatre-vingt-cinq chevaux. Tout était en ordre, et je pus croire à ce moment-là qu'en dépit de cette maladie les ancêtres n'auraient pas à rougir de ma descendance.

Je me trompais. Il se passa une chose incroyable : je livrais à mes garçons des secrets que les autres pêcheurs auraient rêvé de connaître, des secrets de Tahu'a, et mes garçons ne m'écoutaient pas ! C'était incompréhensible. J'avais en mémoire combien, au même âge, j'étais attentif à ce que disait mon père – pourquoi étaient-ils différents de moi ?

Je les emmenais à la pêche et ils n'étaient jamais où je les attendais. Ils étaient empotés et lents comme des étrangers. Je les laissais faire, je leur passais les commandes, et ils me rataient le poisson.

– Dieu du ciel, Terii, je hurlais, ça ne t'intéresse donc pas la pêche ?

– Si.

– Alors, comment ça se fait que tu n'apprends rien ?

– Je sais pas.

Ils savaient, bien sûr, mais ils n'osaient pas disparaître au début. C'est venu plus tard. Je disais : « Demain à six heures, je t'emmène à la pêche, Hubert. Tu m'entends ? » Il ne répondait ni oui ni non, mais, le lendemain matin, il n'était pas dans son lit. Où était-il ? Qu'avait-il fait toute la nuit ?

La colère ne me lâchait pas de toute ma pêche et, le soir, je l'avais toujours sur le cœur. Alors ils osaient me dire qu'ils préféraient toutes les choses de la ville à la mer. J'étais abasourdi et je grondais stupidement :

– Quelles choses de la ville ? Je ne sais même pas de quoi tu parles !

– Tout. Il n'y a rien ici, et nous on n'a pas envie de crever comme ça toute notre vie avec rien.

– Mais qu'est-ce que voulez de plus ? Travaillez et vous aurez un bateau. Comme Tavae. Comme moi.

– C'est pas un bateau qu'on veut, c'est vivre comme tout le monde.

Temarii avait compris depuis longtemps, elle. Vivre comme tout le monde, c'était avoir ce que les Français avaient apporté à Papeete pour les gens de la bombe atomique : des voitures, des vêtements européens, des téléviseurs, des chaînes stéréo, des téléphones…

Mes garçons voulaient gagner beaucoup d'argent pour se payer toutes ces choses dont nous ignorions même l'existence à leur âge, et ils avaient bien compris qu'avec la pêche ils n'auraient jamais de quoi s'acheter une voiture.

Des bons à rien, voilà tout ce qu'ils sont devenus finalement. Giovanni est parti vivre à Huahine, où, après avoir tant protesté, il a dû se rabattre sur la pêche pour ne pas mourir de faim. Lui qui voulait une voiture ne peut même pas s'offrir un bateau à moteur et il doit se satisfaire d'une pirogue. Terii a épousé une femme des Tuamotu et il habite désormais sur l'îlot de Faaite. Il n'est pas pêcheur de nacres, il nettoie les perles. C'est tout. Quant à Hubert, il ne fait rien de bien, il vadrouille, il dort à droite à gauche, et parfois en prison.

La proximité de la mort, la quasi-certitude que je ne les reverrais jamais, n'épuisait pas ma colère. Je l'avais toujours là sur la poitrine, intacte, comme si c'était hier. Comment avais-je pu croire que le gamin me consolerait de ces trois-là, et de la mort de l'aîné ? Comment avais-je pu le croire ? Après quelques mois, lui aussi avait commencé à vadrouiller, à traîner, avant de revenir, de me supplier de l'emmener. Tiens, je me disais, si j'avais cédé, il serait peut-être déjà mort, le gamin. Mais qu'est-ce qu'il va devenir sans moi ?

La chose me sauta aux yeux subitement : des algues flottaient maintenant sous mon bateau, accrochées à la coque, et on devinait ici et là, nichés dessous, de petites huîtres, des coquillages, toutes sortes de mollusques… Je ne parvenais pas à en détacher le regard. Ce spectacle, c'était celui qu'offrent les bateaux à l'abandon, les épaves, les troncs d'arbre rejetés à la côte. C'est ainsi que la mer signifie aux objets qu'ils lui appartiennent désormais, qu'elle a commencé sur eux son lent travail de destruction, qu'elle est en train de les défaire petit à petit, de les dissoudre… Rien n'aurait pu mieux me dire combien ma situation était difficile : l'esquif qui me protégeait de la mort ne se défendait plus et il se laissait à présent ronger comme un cadavre.

Combien de jours, combien de semaines d'errance immobile m'avait-il fallu pour en arriver là ? Je continuais à observer les signes annonciateurs de ma propre disparition quand je fus émerveillé par la quantité de petits poissons qui frayaient dans mon ombre. On ne les voyait pas au premier regard, ils se tenaient en bancs argentés, à différentes profondeurs, nageant imperceptiblement dans le courant, se nourrissant certainement des algues et des organismes minuscules qui y pullulaient. Mon Dieu, me dis-je, et moi qui me croyais seul ! Je guettais sur l'horizon lointain une vie qui fût à mon échelle, et cette vie se cachait là, sous moi. Je n'avais eu qu'à me pencher pour la découvrir. La présence de ces poissons par centaines qui m'accompagnaient, qui avaient élu domicile sous mon bateau parce qu'il leur apportait leur subsistance quotidienne m'entraîna dans une rêverie pleine de souvenirs d'enfant. Petits, on nous racontait en forme de conte qu'avant d'être une terre Tahiti avait été un grand poisson. C'est cela, nous disait notre mère, qui expliquait sa forme si étonnamment comparable à celle du poisson chirurgien, Faa'a figurant la bouche et la presqu'île de Taiarapu la queue. L'histoire rapportait que Tahiti faisait auparavant partie de l'île de Raiatea, qu'on appelait alors Havai'i. Mais, à la suite d'une colère des dieux, un morceau s'en était détaché pour s'en aller voguer vers l'est, transformé en un poisson gigantesque.

Oh ! le poisson était splendide alors qu'il s'en allait
Et se dirigeait vers le nouvel horizon
D'un nouveau ciel !
C'était Tahiti...

Oui, dans nos contes d'enfant, même les terres prenaient un jour la mer pour découvrir d'autres horizons. Même les montagnes. Et toujours les poissons accompagnaient ces longs voyages. Est-ce que je n'étais pas en train de vivre moi-même un de ces récits fabuleux ? J'étais un petit morceau de terre, détaché de Tahiti, et un jour peut-être je me fixerais sur le grand océan. Quand ? On ne savait pas. Quand les dieux le décideraient. Quand les herbes auraient si bien poussé sous mon bateau qu'elles auraient touché le fond et pris racine. Pour toujours.

Je rêvais, mais insensiblement ces poissons me remplissaient le cœur d'une félicité enfantine. Nous formions tous ensemble, et autour de mon bateau, une petite communauté de vivants qui ne savait pas trop où elle allait mais se laissait guider par la volonté du ciel. Nous dérivions ensemble, nous étions frères et sœurs. Tout ce que j'avais vu de morbide dans la colonisation de ma coque avait été subitement chassé de mon esprit par ces petits compagnons.

Soudain, le désir me prit de me rapprocher d'eux. « Attendez voir, leur dis-je, je vais vous monter à bord, comme ça vous verrez un peu à quoi elle ressemble, mon île. » J'attachai mon seau à un bout de haussière et je le descendis lentement pour ne pas les effrayer. Ça y était, il était sous eux. Il me restait à le remonter tout doucement pour que peu à peu ils se retrouvent à nager dedans.

Quand je constatai qu'une dizaine d'entre eux s'étaient laissé attraper, je sentis mon cœur se gonfler de reconnaissance, et je m'écriai : « Oh, merci, mon Dieu ! Merci ! Ils vous ont écouté, ils sont venus ! » Aussitôt je m'adressai à eux, car ils s'étaient mis à tourner fébrilement au fond du seau. « Petits poissons, leur dis-je, arrêtez de bouger comme ça et écoutez-moi plutôt. Je ne vais pas vous manger, vous êtes bien trop petits. Peut-être qu'un jour, si vous devenez plus grands, je devrai manger l'un d'entre vous pour ne pas mourir, mais là vous ne risquez rien. Que ferait mon estomac d'une bouchée d'oiseau ?...

Je vous envie de voyager en famille, moi, ici, je suis tout seul, je n'ai personne à qui parler. Vous le saviez, ça, que j'étais seul ? Perdu ? Loin des miens ? Ah, vous ne le saviez pas ! Forcément, là-dessous, vous ne voyez rien de ce qui se passe sur l'eau. Parfois, la nuit, les sanglots me prennent, et il m'arrive aussi d'appeler Temarii tout haut. Mais vous ne m'entendez pas non plus, hein ? Ou peut-être un peu, je ne sais pas. Quand je crie vers le ciel, est-ce que vous m'entendez ? Je vous parle et vous ne pensez qu'à jouer… J'aimerais avoir votre insouciance, tiens, pouvoir me ficher complètement de ma destination, gambader joyeusement dans l'écume des vagues quand la mer est forte et que le soleil chauffe la peau de l'eau, me laisser couler vers le fond pour roupiller tranquillement dès que tombe le crépuscule. J'aimerais bien, mais le bon Dieu m'a donné un esprit qui ne me laisse jamais en paix. Le vôtre est disposé à ne voir que le bon côté des choses, et vous ignorez la chance que vous avez, tandis que le mien creuse sans cesse dans la mémoire comme s'il voulait me supplicier. Je ne lui demande rien, mais il me rappelle d'où je viens, il est capable de faire surgir ma maison du néant, et même de me laisser entendre furtivement la voix d'Hélène. Comme si elle était là, voyez-vous, allant et venant sur l'océan. Vous pouvez comprendre ça ? Ou l'énorme rire de mon frère Ato. Et brusquement Ato aussi est là, si près que je crois pouvoir le toucher. Il est là, et il n'est pas là, c'est cela qui m'arrache ces longs sanglots. Eh, je vous parle, les poissons ! Même si vous n'avez pas ce mauvais esprit des hommes, vous pouvez au moins essayer de compatir. Vous et moi, on est embarqués dans le même voyage, c'est ce que Dieu a voulu. Alors on va s'entraider, n'est-ce pas ? Certains jours, vous viendrez chez moi et vous écouterez ce que j'ai à vous dire. Moi, en échange, je vous protégerai des chirurgiens et des mahi mahi. Dès qu'ils auront saisi que nous formons tous ensemble un petit archipel riche en chair fraîche, ils rappliqueront. Et ils vous mangeront. Vous m'entendez ? Ils vous mangeront. »

Je me tus un moment, sans cesser de les observer. Il me sembla qu'ils tournaient un peu moins vite, comme s'ils n'étaient pas insensibles à mon discours. Au fur et à mesure je m'étais avancé et j'avais presque la tête dans le seau à présent. Cette conversation m'avait miraculeusement sorti de la profonde mélancolie dans laquelle je me perdais ces derniers temps. Pour la première fois, j'avais trouvé le moyen de parler à des êtres vivants, et non plus seulement à des défunts, comme si j'en étais un moi-même. Cela avait réveillé en moi l'appétit de vivre, d'échanger, de jouer.

Je plongeai ma main dans l'eau et attendis qu'elle leur devînt suffisamment familière pour qu'ils s'en approchent.

« Moi, je suis de Faa'a, leur dis-je encore. Et vous, est-ce qu'il y a un coin d'où vous êtes dans tout cet océan ? Si ça se trouve, vous me suivez depuis là-bas, hein, et c'est seulement aujourd'hui qu'on arrive à se parler. Où est-ce qu'on est, là ? Si le bon Dieu vous avait donné une langue, est-ce que vous sauriez me le dire ? Ah, toi, fis-je à celui qui effleurait le dos de ma main, tu es le plus courageux. Il faudra revenir la prochaine fois. D'accord ? On apprendra à se connaître, on deviendra des amis. »

Puis je les remis à l'eau et me redressai. Une nouvelle journée venait de s'écouler. Il me semblait que le soleil était moins chaud depuis quelque temps, et les nuits plus fraîches. Est-ce que cela signifiait que je dérivais vers le sud austral ? Si c'était le cas, j'étais perdu. Jamais je ne toucherais aucune terre, et le froid petit à petit me tuerait. Puis je me fis la réflexion que je mourrais probablement de soif bien avant de souffrir réellement du froid. La peur de manquer d'eau, étrangement présente depuis le premier jour, m'avait conduit à me rationner. Cependant, ma réserve ne tenait plus maintenant qu'à quelques litres et, si la pluie ne venait pas à mon secours, je risquais de connaître bientôt la soif.

Dans la nuit me revint la fin de l'histoire de Tahiti poisson. Tahiti s'était immobilisé sur l'océan à sa place actuelle, mais il fallait maintenant sectionner ses tendons pour l'empêcher de repartir, car les gens étaient heureux à cet endroit de la mer et ils n'avaient plus envie d'en bouger. Entre-temps, de nouvelles générations étaient nées dans le pays. Les bananes étaient mûres ainsi que les plantains de montagne. Le chant du coq saluait la venue du matin dans les bois, les chiens aboyaient sur le rivage. Les défenses des cochons étaient recourbées vers le haut, les plantes à *ava* étaient à point, le taro était en fleur, la canne à sucre se penchait joliment en avant, la fermentation du *uru,* le fruit de l'arbre à pain, était en train, et on entendait le chant des batteuses de mûrier à papier à travers tout le pays.

C'est alors que le guerrier Tafai déclara :

– Les tendons de ce poisson doivent être bien

sectionnés, de façon à ce que le vent puisse souffler librement et que le poisson demeure stable.

Aussitôt les hommes se mirent à frapper le sol de leurs haches, mais ça n'entamait en rien les tendons.

– Attendez, s'écria alors Tafai, il nous faut des dieux ! Dieux des cieux, venez et frappez ce territoire.

On patienta, mais aucun dieu ne se manifesta.

Alors le guerrier Maruatoa prit à partie Tafai :

– Quel courage as-tu ? lui demanda-t-il. Si les poils de ton dos devaient être arrachés, ne crierais-tu pas ?

– Non, répondit Tafai.

– Si on t'arrachait les poils de la barbe pour t'abattre, pour te faire souffrir, ne crierais-tu pas ?

– Non, dit encore Tafai.

– Si les poils de tes sourcils, de tes cils et de tes narines étaient arrachés, ne crierais-tu pas ?

– Non, répéta Tafai.

– Alors, lui dit Maruatoa, rassemble tes forces, prépare ta pirogue et pars pour l'île de Tupuai, vers le sud, trouver le roi Marere-nui.

Tafai partit vers le sud avec son ami d'enfance.

– Soyez les bienvenus ! leur lança Marere-nui en les voyant débarquer. Quelle mission vous amène ?

– Une mission d'importance. Les tendons du grand poisson Tahiti doivent être coupés et sa gorge tranchée de façon à ce qu'il ne bouge plus. Les guerriers du pays s'y sont essayés sans succès, aucune marque n'a pu être faite sur le poisson par les haches des artisans. C'est pourquoi nous sommes venus te chercher, ô roi Marere-nui, pour accomplir de tes mains ce travail.

– Quels dieux avez-vous pour seconder vos efforts ? s'enquit le roi.

– Aucun ! Les dieux ne nous ont pas prêté attention.

Le roi se tut un instant, puis il dit :

– Bon, je n'irai pas, mais voici ma hache. Emportez-la et allez sectionner les tendons du poisson Tahiti.

Ils retournèrent à Tahiti et se rendirent devant l'assemblée de tous les guerriers et clans réunis.

– Quel est le résultat de votre mission ? leur demanda-t-on.

– Le voici ! dit Tafai, brandissant la hache.

Tout à coup, celle-ci devint possédée et légère dans ses mains, et il se mit à frapper la terre, qui s'ouvrit aussitôt sous le choc. Alors tous les guerriers se relayèrent et ne cessèrent que lorsque tous les tendons de la gorge furent tranchés. À ce moment, la tête du poisson se rejeta en arrière et, de la grande plaine située entre les deux hautes chaînes de montagnes du grand Tahiti, il ne resta plus qu'un isthme sur lequel devaient s'édifier bien plus tard Faa'a et Papeete…

Notre histoire était faite d'une multitude de récits semblables où l'on voyait des hommes seuls ou en famille courir le grand océan à bord de simples pirogues, en quête d'un dieu providentiel ou d'une terre pour installer les leurs, car l'île dont ils venaient était devenue trop pauvre ou trop petite pour les contenir tous. Me remémorer cette odyssée au milieu de la nuit, alors que je sentais monter l'angoisse, eut un pouvoir étonnamment apaisant. De tout temps, nous avons erré sur l'eau, me dis-je, mes ancêtres eux-mêmes venaient peut-être de Raiatea, comme le poisson Tahiti, lorsqu'ils ont découvert Huahine. Ils s'étaient embarqués avec de l'eau et une grande quantité de noix de coco et de urus, et ils avaient dérivé des jours et des nuits, fouettés par les lames, brûlés par le soleil, avant de débarquer à Huahine. Dieu les y avait menés par les détours qu'il avait choisis. Est-ce qu'eux aussi s'étaient crus perdus à certains moments ? Sans doute, et leur peu de foi n'avait pu qu'agacer le Seigneur. Tiens, voilà qu'ils perdent confiance, avait-il dû songer, eh bien, prolongeons l'épreuve jusqu'à ce qu'ils s'en remettent à moi et me demandent pardon. Oui, Dieu les y avait conduits par des chemins qu'il était seul à connaître, comme il me conduisait peut-être à l'heure actuelle vers une terre qu'il m'avait désignée. Les bateaux ne se perdaient pas dans nos légendes ; un jour ou l'autre, ils voyaient surgir une montagne sur les flots brumeux et c'est ainsi qu'ils comprenaient qu'ils étaient arrivés. Ces récits donnaient un sens à ma propre histoire. Elle était moins dramatique que je ne l'imaginais puisqu'elle avait été tant de fois vécue avant moi…

Comme je l'avais dit aux petits poissons, je vis croiser le lendemain un mahi mahi. Je le repérai de loin à son sillage fluorescent bleu-vert. La brise du matin faisait voler par moments la crête des vagues, et lui se faufilait habilement sous le clapot. Il se méfiait. Peut-être m'avait-il aperçu le premier et en ce cas je devais faire en sorte qu'il m'oublie. Je m'allongeai donc et attendis avant de risquer un coup d'œil par-dessus bord : il n'approchait pas, lui aussi se cachait. Alors j'eus la certitude qu'il m'avait vu. Nous sommes l'un et l'autre aux aguets, me dis-je, lui rêve de manger les petits poissons qui nagent sous ma coque et moi je rêve de le manger, lui. Les petits me servent d'appâts vivants. Je n'ai rien d'autre à faire qu'à attendre. Lequel d'entre nous va perdre patience le premier ?

Plus le temps passait, plus mon appétit grandissait. J'en avais assez de la chair du chirurgien, l'envie de celle du mahi mahi, que je n'avais pas goûtée depuis si longtemps, faisait geindre mon ventre.

« Viens donc, lui dis-je, je vais te laisser manger quelques petits et ensuite seulement je t'attraperai. Comme ça, on se régalera chacun notre tour. Si je n'avais pas besoin de toi pour survivre, je te laisserais nager tranquillement, mais là j'ai vraiment besoin de toi. C'est une chose que tu peux comprendre puisque tu fais pareil. Mais je n'abuse pas, je prends juste ce qu'il me faut. Ne crois pas que je vais pêcher un autre mahi mahi dans la journée. Certainement pas. S'il en revient un, je me montrerai pour qu'il n'effraie pas trop les petits. C'est tout. Il pourra bien continuer de jouer où il voudra. Mais toi, je ne peux pas te laisser aller, je dois penser à moi. Tu m'entends ? Je dois penser à moi. »

Lui devait tenir le même discours aux petits en les observant qui frétillaient à quelques mètres de lui. Sans se douter de rien. Ou peut-être avec le pressentiment d'un danger, je ne sais pas. Oui, est-ce que les petits se méfièrent soudain ? En tout cas, le mahi mahi dut avoir peur qu'ils ne lui échappent, ou alors son envie de les manger fut subitement trop forte car il perdit le souvenir de ma présence. Il bondit vers moi, disparut quelques secondes sous la coque, mais je l'attendais à la sortie et mon harpon le frappa comme la foudre en pleine tête.

Oh, merci ! Merci, Seigneur ! Une véritable félicité m'envahit, faisant écho à mes rêves de la nuit.

Le Seigneur ne m'avait pas abandonné, il était attentif à mon errance, il veillait secrètement à ma destination puisqu'il assurait ma subsistance. Je devais m'en remettre à lui avec plus de confiance, accepter tout ce qui survenait avec force et sérénité, cesser de craindre les ténèbres et me laisser conduire. Je découpai aussitôt mon mahi mahi et en mangeai plusieurs morceaux, l'esprit rasséréné, comme si, en m'accordant cette pêche, le bon Dieu avait répondu de vive voix à mes suppliques de tous les jours passés.

Puis, toujours en proie à cette excitation, je me mis à aller et venir dans mon bateau. Trois pas dans un sens, trois pas dans l'autre. Depuis quand n'avais-je plus marché ? Ma joie instantanée me donnait envie de courir et j'étais prisonnier d'un espace à peine plus grand qu'un casier à langoustes… Brusquement, je m'interrompis. Ma reconnaissance envers le ciel m'avait presque fait oublier que j'avais désormais des êtres à qui parler. C'était un sentiment réconfortant de les savoir là, si près. Je descendis mon seau et en remontai quelques-uns.

« Attendez, leur dis-je, je vais vous donner un peu de mahi mahi. Là, là… prenez le temps de manger. Vous avez vu comment je l'ai attrapé, celui-ci ? Pourtant il se méfiait, il était malin. Mais qu'est-ce qu'il pouvait contre la volonté de Dieu ? Personne n'est de taille, il fait de nous ce qu'il veut, Dieu. Est-ce que je sais pourquoi il m'a arraché aux miens ? Il a peut-être pensé qu'il n'y avait plus rien de bon à attendre pour moi, là-bas, à Faa'a. Après la mort de Temarii, après ce que sont devenus mes garçons, tous des bons à rien, même pas un pour réchauffer le cœur des ancêtres… Hélène et Caren, oui. Mais Hélène a un mari, elle n'a plus besoin de moi, et Caren en aura bientôt un aussi. Alors qu'est-ce que j'allais faire ensuite ? Je vous le demande, hein. Le gamin, je veux plus en entendre parler, un propre à rien comme tous les autres. En plus, ils se moquent bien des petits pêcheurs à Tahiti. La banque accepte de te prêter, mais, si tu ne rends pas assez vite, elle prend le bateau et tu te retrouves sur la terre comme un paysan. Autrefois, un pêcheur comme mon grand-père à Huahine, tout le monde le respectait, le cœur des femmes s'enflammait à sa vue et les jeunes garçons baissaient les yeux. Aujourd'hui, si t'as pas une voiture, t'es rien du tout. On te regarde même pas. Les voitures, les avions, tout ça c'est arrivé chez nous d'un seul coup et ça leur a complètement tourné la tête, aux gamins. Quand je pense que papa allait au débarcadère avec son tombereau et qu'aujourd'hui les gens tombent du ciel à bord de ces avions qui font trembler nos maisons… Je vais vous dire : j'aimerais accoster dans un pays qui ressemble au Huahine de mon grand-père. Chez vous, les poissons, ça peut pas se produire, ce qui nous est arrivé. C'est un peu comme si les mahi mahi, ou les chirurgiens, décidaient du jour au lendemain que vous avez mieux à faire qu'à nager toute la journée. Ils vous offriraient des richesses, des choses extraordinaires pour vous dissuader de vous promener, et, petit à petit, vous ne sauriez plus nager. Vous vous couperiez de vos ancêtres, vous deviendriez comme mes fils : des âmes mortes qui flottent entre deux mondes. »

Oui, peut-être que Dieu avait compris mon désarroi et qu'il me ramenait auprès de mes vieux.

L'espoir me reprit de voir surgir une terre. Chaque nuit, je repensais aux desseins du ciel tels que j'avais pu les imaginer. Je ne doutais pas d'avoir deviné juste et en ce cas le Seigneur allait certainement précipiter mon accostage, car lui qui voyait tout savait que je n'avais pratiquement plus d'eau. À quoi bon ce long voyage, me disais-je, à quoi bon toutes ces souffrances, si c'est pour me laisser mourir de soif ? Non, j'étais au bout de mes peines, le Seigneur savait bien ce qu'il faisait. Avec l'épuisement de mon eau allait apparaître le lieu qu'il me destinait. Ma foi en cette apparition me maintenait éveillé toutes les nuits. À l'instant où les premiers rayons enflammeraient l'horizon, le miracle s'accomplirait... J'en étais sûr. J'attendais fiévreusement ce moment et, lorsque la boule dorée jaillissait enfin d'entre les eaux, j'étais comme un fou. Je scrutais l'ourlet lointain du ciel et de la mer sans en croire mes yeux : rien ! Toujours rien ! Non, ça n'était pas possible. Si je ne trouve rien, c'est que mes yeux sont épuisés, me disais-je ; d'ailleurs, ils me brûlent et mes paupières sont lourdes comme des écorces de coco. Je recommençais, jusqu'à prendre les traînées de brume pour des toits de tôle ondulée...

Un matin, je crus de nouveau à une hallucination. Alors que je balayais l'horizon, fébrilement, des lignes familières accrochèrent mon regard. Non pas dans le lointain, mais bien plus près, de sorte que mes yeux ne s'y étaient pas arrêtés. Cependant, l'emballement subit de mon cœur m'avait averti de quelque chose. J'y revins, en proie à une émotion intense : un bateau ! Un bateau croisait à quelques encablures ! C'était si incroyable que je fermai les yeux et les rouvris à deux ou trois reprises pour m'assurer que je ne rêvais pas. Non, ça n'était pas un banc de brume, c'était un véritable bateau. Écarquillant les paupières, je tâchai d'en savoir plus : selon moi, c'était un thonier.

Mon Dieu ! Depuis des semaines je n'avais pas vu une embarcation, pas vu un homme, et voilà que des pêcheurs travaillaient à côté de moi. Mais alors j'étais sauvé ! Je me mis à appeler, à gesticuler. Je m'attendais à les voir soudain virer de bord pour mettre le cap sur moi, mais rien ne se passa. Le chalutier semblait décrire un large cercle sur l'océan. Sans doute les hommes étaient-ils occupés à pêcher et c'est pour cela qu'ils ne m'entendaient ni ne me voyaient. Nous étions si proches pourtant que je pouvais distinguer la couleur du bateau... Maintenant il s'éloignait, mais il allait revenir. Oui, voilà, il revenait. Et cette fois il paraissait faire route sur moi. Je patientai, ivre d'espoir. Non, il virait lentement, s'offrant de flanc. Comment ne me voyait-il pas ? Une sourde inquiétude se mit à me serrer le ventre. Une fusée ! Il me restait une fusée ! Je bondis sur ma boîte, armai ma fusée et la tirai. Elle s'élança parfaitement. S'il y a un homme à la barre de ce navire, me dis-je, il l'a forcément vue. Et de nouveau j'attendis. Il allait terminer son cercle et venir. Il termina son cercle mais en fit un autre sans s'écarter d'un pouce de sa route.

« Oh non ! lançai-je tout haut. Pourquoi ne le préviens-tu pas, Seigneur ? Pourquoi ne m'aides-tu pas ? Si tu as mis ce thonier sur ma route, c'est bien pour qu'on se rencontre, n'est-ce pas ? Alors pourquoi le laisses-tu m'ignorer ? »

Le courant commençait à m'éloigner. Un hurlement d'incrédulité m'échappa. L'univers entier serait-il devenu sourd et aveugle à ma détresse ? Alors je me souvins que j'avais cet appareil que je n'avais jamais utilisé, un fumigène. Les autorités maritimes vérifiaient régulièrement qu'il était à bord. Je m'en emparai, me dressai à l'avant de mon bateau et le déclenchai à bout de bras. Une épaisse fumée marron grimpa paresseusement dans l'azur cristallin du matin. Là-bas, le thonier suivait obstinément sa route. « Seigneur, faites qu'un de ces hommes tourne son regard vers moi. » Tout en priant, je continuai de brandir le fumigène. Mais bientôt la boîte me brûla les doigts et je dus la lâcher. Les dernières volutes de fumée se dissipèrent. Tel un bateau fantôme, le chalutier n'avait pas cessé un instant de labourer son sillon. Alors, fou d'impuissance, je pris mon ciré, l'attachai à l'extrémité de mon harpon, et je me mis à hurler tout en l'agitant frénétiquement. Ma voix, durant de longues secondes, défia le vide immense qui m'entourait. Mais il était dit que ce bateau m'ignorerait jusqu'au bout et je le vis repartir vers l'extrémité lointaine de son parcours tandis que le courant m'emportait à l'opposé.

« Pourquoi m'as-tu fait ça, Seigneur ? Pourquoi ? »

J'étais si désespéré que je n'eus pas l'énergie de pêcher ce jour-là. Je restai prostré au fond de mon bateau à interroger le Ciel et à chercher une explication à ce qui s'était passé. Comment l'homme de barre ne m'avait-il pas aperçu ? « M'aurais-tu rendu aussi fugitif qu'un défunt, Seigneur, que désormais tes créatures ne me voient plus, ne m'entendent plus ? » À plusieurs reprises, l'idée me traversa que j'avais pu rêver, mais alors l'image du thonier me revenait, bien réelle. Je pouvais me le représenter légèrement à la gîte, soulevé par la houle, puis s'enfonçant entre deux vagues avant de remonter, l'étrave ruisselante et tendue comme une lame. Non, je ne l'avais pas inventé. Cependant, j'avais cru que le Seigneur l'avait envoyé pour moi et en cela je m'étais trompé. Tout provenait donc de moi, de l'allure à laquelle mon esprit s'était emballé. J'avais interprété à tort les desseins du Ciel, le Seigneur avait pour moi une autre idée que ce bateau et il n'avait pas voulu que notre rencontre eût lieu. Oui, voilà, une autre idée que ce bateau. Une terre, sûrement, comme la veille encore je l'avais imaginé. Petit à petit, la foi et la confiance regagnèrent mon cœur. « Tu vas dormir un peu, me dis-je, puis le soir viendra, tu veilleras comme chaque nuit, et ce sera peut-être pour demain. »

Ce ne fut ni pour le lendemain ni pour les jours suivants. Or, avec une angoisse grandissante, j'observais mon eau diminuer. Je n'avais pas peur de la mer, ou peut-être devrais-je plutôt écrire *je n'avais pas encore* peur de la mer, car j'allais bientôt affronter une tempête terrifiante comme je n'en avais jamais croisé aucune en un demi-siècle de navigation. La mer m'était aussi familière que l'air que nous respirons. En revanche, la soif m'effrayait, je l'ai dit plus haut. Cela m'avait amené à me rationner constamment, jusqu'à ne plus boire que deux gorgées le matin et deux gorgées le soir. M'en tenir à ce régime, après une dizaine d'heures de soleil, me réclamait chaque fois un sursaut de

’ai fait mes premiers pas dans une rue de Makatea. Nous habitions ne maison de bois. Mon père ’avait qu’à suivre cette rue pour mber sur le train à vapeur et la ine à ciel ouvert. Les hommes xtrayaient le phosphate à la oche et en remplissaient les agonnets.

J'ai épousé Temarii le 10 novembre 1988, quelques mois après la naissance de notre dernière fille, Caren. Sur la page de droite je suis photographié avec Léon, « le gamin », le fils de ma fille aînée, Germaine. En dessous, je suis avec Hélène, mon frère Ato, et puis Caren. Enfin, sous notre photo de mariage, on voit le bateau de mon frère amarré à notre ponton de Faa'a sur le chenal qui longe l'aéroport de Tahiti. C'est sur un bateau exactement semblable que j'ai dérivé durant quatre mois.

PEACE BOAT
PEACE BOAT
NO TUG

P A R C O U R S   E S T I M A T I F   D

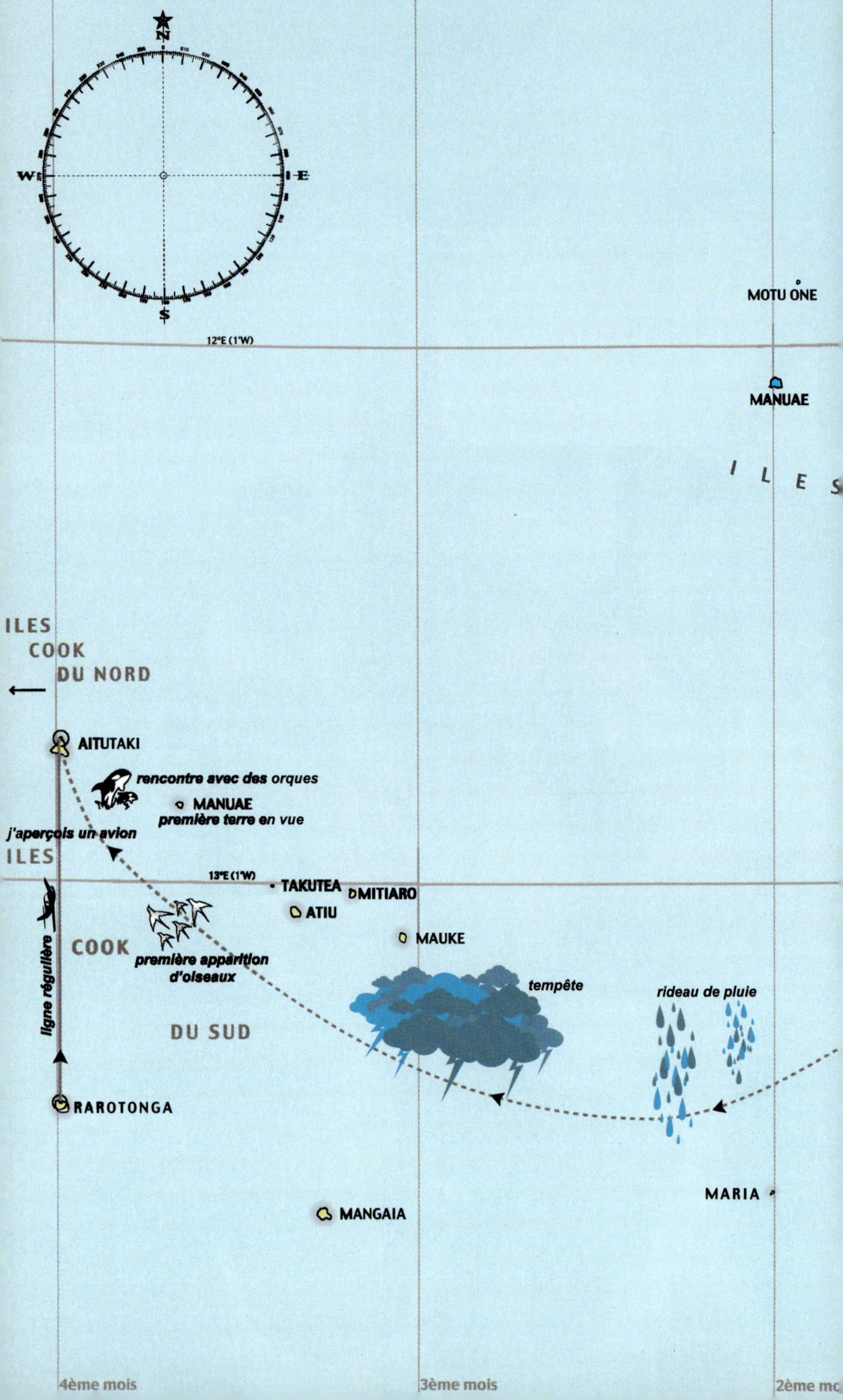

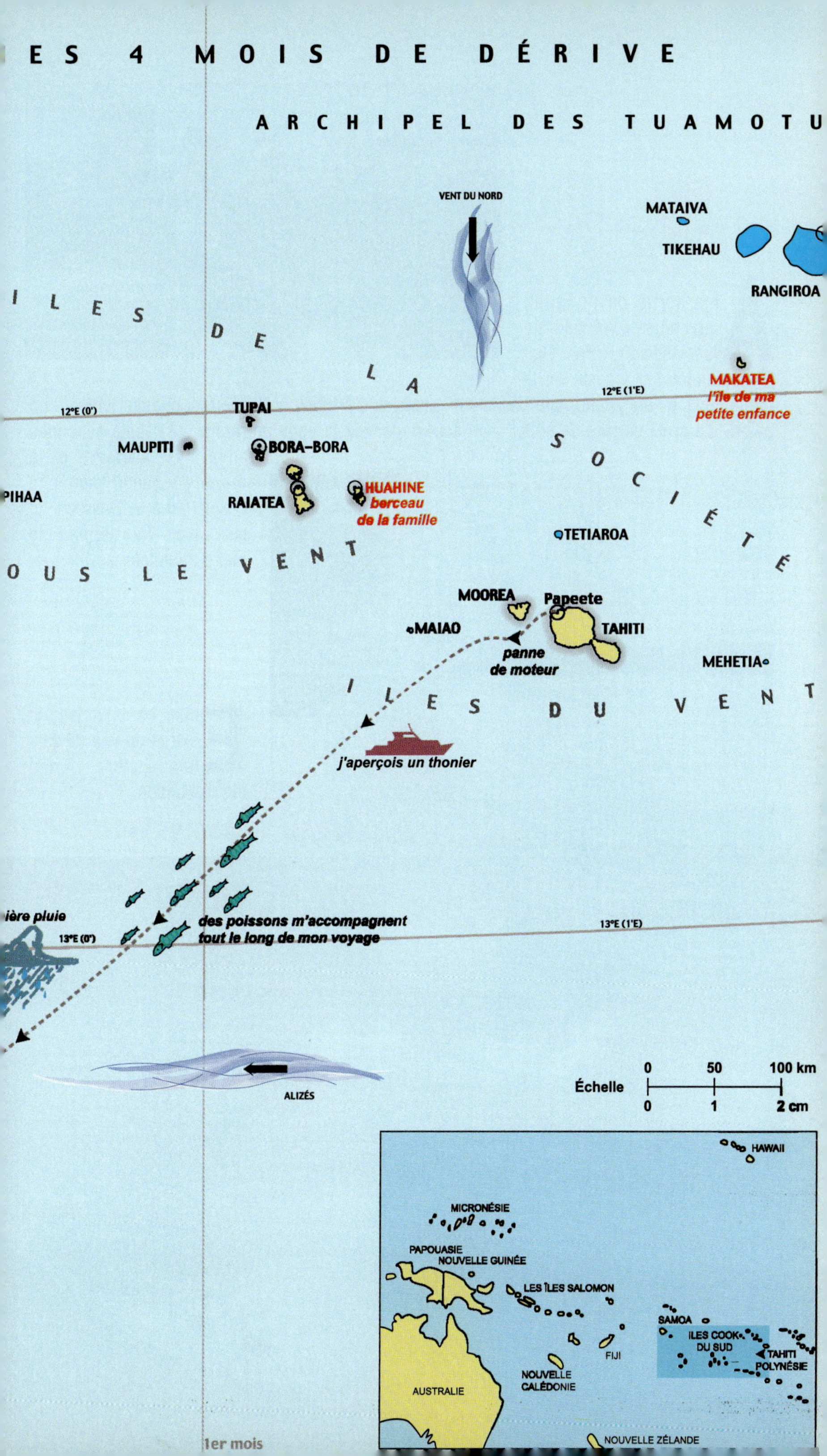
ES 4 MOIS DE DÉRIVE
ARCHIPEL DES TUAMOTU
VENT DU NORD
MATAIVA
TIKEHAU
RANGIROA
ILES DE LA SOCIÉTÉ
MAKATEA
l'île de ma petite enfance
12°E (0')
12°E (1'E)
TUPAI
MAUPITI
BORA-BORA
RAIATEA
HUAHINE
berceau de la famille
PIHAA
TETIAROA
OUS LE VENT
MOOREA
Papeete
TAHITI
MAIAO
panne de moteur
MEHETIA
ILES DU VENT
j'aperçois un thonier
ière pluie
des poissons m'accompagnent tout le long de mon voyage
13°E (0')
13°E (1'E)
ALIZÉS
Échelle
0 50 100 km
0 1 2 cm
HAWAII
MICRONÉSIE
PAPOUASIE NOUVELLE GUINÉE
LES ÎLES SALOMON
SAMOA
ILES COOK DU SUD
TAHITI POLYNÉSIE
FIJI
NOUVELLE CALÉDONIE
AUSTRALIE
NOUVELLE ZÉLANDE
1er mois

À ma sortie de l'hôpital, mes hôtes d'Aitutaki me font visiter l'archipel. Huit jours plus tôt, j'ai accosté sur la plage de One Foot Island, une des îles minuscules d'Aitutaki qu'on voit ici photographiée d'un avion. La croix permet de situer mon accostage. Sur la page de droite, à l'hôpital avec mes amis, mon infirmière et le maire de Faa'a, mon ami Oscar Temaru. Dessous, je suis avec Tai Herman, le maire d'Aitutaki.

Enfin, on peut lire un extrait du journal qu'a tenu Hélène durant ma disparition.

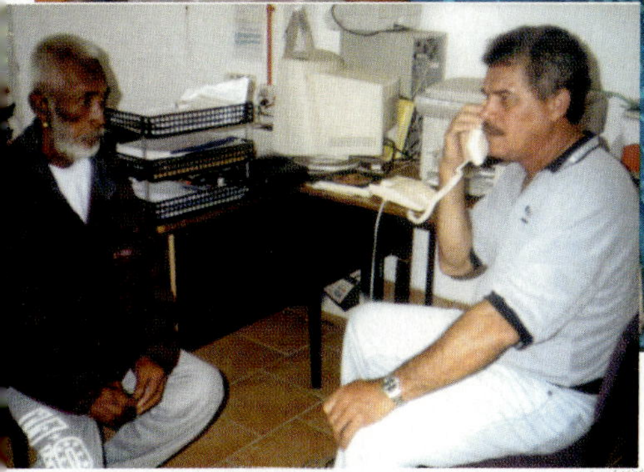

: KAIOAOA Tauaea c... us du ...
Vendredi, 15 Mars 2002

Jous somme le Vendredi 15 Mars 2002, Je me suis reveillé à 6h du matin
noi et mon Papa on a bu notre café, et à 6h30, il me disait que
il va à la Pêche de moorea et Maiao il m'avait dire je vais
pas la bas à la Pêche si c'est le soir vers 17h10 je vais
revenir si je suis pas encor revenir je suis allez à huahine
il faut appelez la bas pour dire si je suis arrivée et si
jamais je suis pas encor la bas il faut je previent à ma
tante. Je me suis dire ce n'est pas possible PaPa n'est
pas arrivée J'ai pleure jour et Nuit on a prié moi et
mon mari on a prié je pleure je n'arrête pas de pleure.

Départ d'Aitutaki. Accompagné par Oscar Temaru, je rentre à Tahiti en avion. C'est la première fois que je prends l'avion. Nous saluons nos amis qui m'ont rendu à la vie. Ci-dessous, je renoue avec la pêche au mahi mahi sur un bateau qu'un ami m'a prêté, deux mois après mon retour à Tahiti.

volonté. Mais j'avais tenu, et voilà qu'en dépit de cet effort l'eau allait me manquer…

Cela me rendit de plus en plus fébrile. Je ne comprenais plus ce qu'attendait de moi le Seigneur et son silence me jetait alternativement dans un abattement profond puis dans une sourde colère.

« Quoi, est-ce que je n'ai pas encore suffisamment souffert ? lui lançai-je. Que veux-tu de plus ? Tu m'as enlevé aux miens, il y a si longtemps que même les traits d'Hélène commencent à s'estomper dans ma mémoire. Il m'est arrivé de pleurer, mais jamais je n'ai désespéré. J'ai accepté sans révolte l'épreuve que tu m'envoyais. Mais maintenant, je t'en supplie, épargne-moi la soif, conduis-moi où tu veux, mais vite. Vite, Seigneur ! »

Je bus ma dernière gorgée un soir, et ce soir-là je renonçai à veiller, je me couchai replié sur moi-même, le cœur lourd de sanglots. Je n'en pouvais plus d'attendre, d'espérer, d'espérer toujours, alors que rien ne venait. J'aurais voulu dormir des jours, des mois, échapper à ce cauchemar, et qu'enfin de véritables voix humaines me réveillent. Qu'on me tende la main, qu'on me dise : « Ça y est, cette fois c'est fini, tu peux descendre, tu es sur la terre. Reconnais-tu l'ombre du cocotier ? Le chant du coq ? Tu vois, tu es bien arrivé. »

Après quelques heures, cependant, l'appréhension me tira de mon abri, et de nouveau je repris ma veille, dressé à l'avant, frileusement cramponné au manche de mon gouvernail. La lune était à moitié pleine, jetant sur l'océan les taches sombres des nuages qu'on pouvait prendre un instant pour de miraculeux atolls. Puis l'aube chassa les dernières poussières de la nuit, les dernières illusions, et la mer parut comme chaque matin accoucher du soleil. Il jaillissait de ses sombres entrailles, étrangement pur, tout habité d'une lumière pâle, et très vite il s'élevait, comme un jeune ballon plein d'orgueil, gagnant au fur et à mesure en puissance, jusqu'à tout écraser de son rayonnement. Alors il repartait, avec cette insolence des rois, nous laissant éblouis et stupéfaits. Quand je le vis enfin décliner, ce jour-là, ma langue avait enflé. J'avais passé les heures les plus chaudes sous la protection du pont, essayant de somnoler malgré la soif, et j'étais maintenant assis au fond de mon bateau, incapable de penser à autre chose qu'à mon désir de boire. Je ne bougeais pas, la tête et le corps endoloris par de sourdes courbatures. Je crois que je ne percevais plus le mouvement de la mer, il m'était devenu aussi naturel que de mettre un pied devant l'autre au temps où j'avais tout l'espace pour le faire. Après un long moment, je m'aperçus que je guettais la venue du soir, comme si du crépuscule allait surgir un quelconque soulagement. Oui, j'espérais le crépuscule, comme j'avais si longtemps espéré la terre, toute la volonté qui me restait était à présent rassemblée dans cette envie minuscule. Le soir vint, et je trouvai la force de me relever. La brise légère m'apporta un sensible bien-être. Je scrutai le ciel et m'entendis prier : « Seigneur, je peux endurer la soif, tu as vu, mais aie pitié de moi, ne me laisse pas mourir lentement comme un poisson jeté sur le sable chaud. Si la terre que tu me destines est encore loin, donne-moi la pluie en attendant. Je t'en supplie, accorde-moi la pluie. Alors je comprendrai ton message et je saurai patienter jusqu'au terme du voyage. »

Quelques nuages voilaient par instants la lune, tout comme la nuit précédente, et je me pris à souhaiter qu'ils annonçent une soudaine dégradation. Je n'avais pas pêché de la journée et la faim subitement me tirailla. Seulement, le poisson séché ne me faisait plus du tout envie avec la soif et il était maintenant trop tard pour harponner un chirurgien ou un mahi mahi. « Tiens, me dis-je, je n'ai même pas fait un signe à mes petits amis aujourd'hui. Demain, je leur expliquerai la situation. Et demain je pêcherai. »

La seule pensée de la chair fraîche du poisson sur ma langue me réconforta. J'avais hâte de la sentir fondre. Alors je saisis mon seau et me remontai quelques litres d'eau de mer. J'en pris une gorgée et la recrachai. Puis avec la main je me mouillai les lèvres. C'était une sensation apaisante dans la fraîcheur du soir. Ma langue me parut moins sèche et je repris un peu confiance.

Bien avant la montée du soleil, j'avais attrapé un chirurgien. Je le mangeai à la façon des Tuamotu, en alternant une bouchée de chair et une lamelle de foie, car j'avais la langue si gonflée, la gorge si serrée, que sans la graisse du foie je ne serais pas parvenu à déglutir. Puis je pris l'arête centrale et j'aspirai le peu de liquide qu'elle contenait après avoir cassé chacune des branches. Enfants, avec Ato, nous faisions cela en forme de jeu après nous être régalés d'un poisson cru. J'en avais gardé le souvenir enfoui dans un coin de ma mémoire et il ressurgissait avec la soif.

Le dessous de mon bateau attirait un nombre grandissant de poissons et je repérai ce matin-là, aux frémissements de l'eau vers l'arrière, des petits thons qui semblaient à leur tour intéressés par cette étonnante concentration de vie en plein océan. Je lançai mon seau et ramenai à bord une poignée de mes compagnons. Je leur dis que je les enviais de ne manquer de rien, car pour moi la vie devenait de plus en plus difficile.

« J'ai même du mal à vous parler tellement mes lèvres sont sèches, leur expliquai-je. Qu'est-ce qui va m'arriver maintenant ? Parfois, je songe que le bon Dieu veut ma mort. C'est vrai, si je regarde bien, depuis le début il n'a pas fait grand-chose pour moi, le bon Dieu. Jusqu'à ce bateau qu'il a laissé s'éloigner… Mais, s'il veut ma mort, pourquoi tarde-t-il tant ? Il n'a pas trouvé le moyen peut-être. D'autres seraient morts dans les premières semaines, mais moi je suis costaud, ça doit être ça le problème. Moi je peux survivre sans toit, sans feu, sans ignames… Alors quoi, il doit se dire là-haut, comment je vais en venir à bout, de celui-ci ? Alors quoi ? Je le prive de tout et il continue de faire le fier ! Eh ben, tiens, je vais l'assoiffer. Si c'est ça, je n'en ai plus pour très longtemps, vous savez, bientôt vous ne m'entendrez plus aller et venir au-dessus de vos têtes. »

Alors j'eus la vision glaçante de mon bateau à jamais silencieux. Est-ce que tout allait s'achever ainsi ? Est-ce qu'il était écrit que je ne reverrais jamais les miens ?

Ma main tremblait d'émotion et je la plongeai dans le seau. Au bout de la solitude, j'espérais sans me l'avouer un geste d'amitié, de compassion, de ces êtres à peine plus gros que mon petit doigt. Et ce geste vint, ou je pris pour tel leurs frôlements répétés. Je restai là sans bouger, tâchant de récupérer un peu de courage à ces effleurements fugitifs.

« Cette main que vous caressez, leur dis-je, est celle d'un vieil homme. Elle a tué des milliers de poissons sans trembler, et, aujourd'hui qu'elle flanche, c'est vous qui la réconfortez. Vous ne savez pas combien la vie est difficile, vous n'en avez aucune idée… Vous êtes si jeunes, si inconscients. Vous me faites penser à Hélène, elle a conservé un cœur d'enfant, elle ne voit jamais venir les périls, elle est toujours confiante et bien disposée. Elle ne doit pas comprendre pourquoi je ne reviens pas, pourquoi le bon Dieu ne lui ramène pas son papa. Oh, vous ne devriez pas me rappeler Hélène. Je dois chasser son chagrin de mon esprit, sinon je n'aurai plus de force du tout. Je dois garder pour moi le courage qu'il me reste. Vous m'entendez ? Tout le courage qu'il me reste. »

Je retirai ma main et continuai à les observer. Ils semblaient se demander où j'étais allé, s'immobilisant imperceptiblement à l'endroit que j'occupais, avant de faire vivement le tour du seau pour revenir là, dans le milieu.

Je les remis à l'eau et j'allai me coucher sous le pont.

C'est le lendemain matin, je crois, que je m'aperçus pour la première fois que mes forces m'abandonnaient. J'avais passé la journée de la veille allongé pour échapper au soleil, priant sans arrêt le Seigneur de m'envoyer rapidement la pluie. Je n'avais pas absorbé une goutte d'eau depuis trente-six heures et ma langue avait la consistance rêche du carton. Quand je me levai, au frémissement du jour, impatient de sucer la chair fraîche d'un poisson, un vertige me fit croire que je basculais. Je dus me retenir au plat-bord. Puis, comme chaque matin, j'égrenai quelques morceaux de mahi mahi pour appâter les chirurgiens. Il en vint quelques-uns. Je tâchai de me concentrer, et je sentis que sous l'effort le sang me cognait violemment aux tempes. Quand, enfin, je lançai mon harpon, il dévia et manqua sa cible. « Oh ! » m'écriai-je. Mais je sus immédiatement qu'il était inutile de recommencer. Mes mains tremblaient, mes jambes n'étaient pas assurées comme d'habitude, tout mon corps semblait accuser une immense fatigue. Je m'assis et demeurai un moment à haleter. Qu'allais-je devenir si le harpon m'échappait ? C'était un terrible présage dont l'écho m'abattit peut-être plus encore que mon épuisement réel.

Ce jour-là, je parvins tout de même à capturer un petit thon à la ligne et, comme la veille, j'aspirai les quelques gouttes fraîches que contenait l'arête centrale. Puis je me glissai sous le pont. Pourquoi ma respiration s'accélérait-elle maintenant au moindre effort ? Je dormis par intermittence une grande partie de la journée et, sinon, je priai. Je ne pouvais pas croire que le Seigneur allait continuer de rester sourd à mes appels.

« Vois dans quel état je suis, lui dis-je, je vacille comme un vieillard, je dois me cacher de ton soleil et je ne suis même plus capable de chasser le poisson. Viens à mon secours, je t'en supplie. »

Combien est-ce que je vécus de jours, tapi comme une bête malade sous le pont de mon bateau ? Ils finirent par se confondre tous dans mon esprit. Je plongeais dans un sommeil fiévreux, tantôt frissonnant malgré la chaleur, tantôt brûlant, et, quand j'émergeais, je n'avais pas la force de me traîner en plein soleil. J'appelais faiblement le bon Dieu et, pour la centième fois, je le prenais à témoin de mon état. Étais-je en train de mourir ? À certains moments de lucidité je le pensais, mais plus généralement, flottant dans une demi-inconscience peuplée de rêves, je ne savais plus précisément où j'étais.

Avec le crépuscule, je regagnais un peu de vigueur et de lucidité. La souffrance de la soif se réveillait alors complètement et me précipitait dans la quête désespérée d'un bruit, d'une lumière. « Mon Dieu, faites enfin surgir un bateau, ne m'abandonnez pas. » J'humectais mes lèvres d'eau de mer, et je trouvais encore en moi les ressources pour me tenir des heures durant cramponné à l'avant, les paupières écarquillées sur les ombres changeantes. Depuis combien de temps n'avais-je pas bu une gorgée d'eau ? Aucun son ne sortait plus de ma bouche et mes lèvres enflées étaient devenues insensibles. Quand je suçais mon poisson cru, le matin, c'était avec les gestes maladroits d'un infirme privé de sensations.

Puis je me découvris constamment essoufflé comme si, après l'eau, c'était l'air qui me manquait. Mon cœur semblait peiner à me soutenir. Appâter ma ligne, remonter un poisson m'épuisaient plus que mes longues pêches en apnée d'autrefois. Oui, mon cœur n'en pouvait plus.

« On dirait que d'un seul coup il est devenu vieux, lui aussi, je murmurais en moi-même. Eh, tu ne vas pas me lâcher, hein ? Parce que si je ne t'entends plus, si tu n'es plus là dans ma poitrine, qu'est-ce que je vais devenir, moi ? »

La poitrine fut prise aussi et des quintes de toux me secouèrent. Le feu m'embrasait jusqu'au fond de la gorge et je n'avais plus une goutte de salive pour l'apaiser.

Enfin, un soir, des douleurs au ventre me tirèrent brutalement de l'état de torpeur où je m'abandonnais. Une diarrhée soudaine me déchira les entrailles. J'eus l'impression que mon corps se vidait du peu de vie qu'il lui restait. Cette nuit-là, je demeurai allongé et prostré au fond de mon bateau, et c'est à la venue des premiers rayons que je réalisai que je n'avais même pas eu l'énergie de ramper jusqu'à mon abri.

« Cette fois, Seigneur, c'est la fin, dis-je dans un souffle ; si je n'ai plus la force de pêcher, je n'ai plus rien à espérer. »

***

Le récit d'Hélène. Mercredi 29 mai

Des amis de papa sont passés à la maison ce jour-là. « Maintenant, ça fait deux mois et demi, il n'a plus d'eau, il est sans doute mort », nous ont-ils dit. Le chagrin m'a mise en colère. « Ne répétez jamais ça, leur ai-je lancé, moi je sais qu'il est vivant. »

Je ne perdais pas espoir, je sentais qu'il était là, qu'il ne nous abandonnerait pas. Je priais, je savais que Dieu seul avait le pouvoir de le ramener sur une terre.

***

Le récit d'Hélène. Mercredi 12 juin

Mon fils est tombé malade, il toussait beaucoup. « C'est parce qu'il pense à son grand-père », ai-je expliqué au médecin.

Nous étions tous tellement tristes ! À table, je regardais la place où il s'asseyait et je me mettais à pleurer. Je n'arrivais plus à manger.

***

L'histoire du grand déluge qui s'abattit aux temps anciens sur Tahiti se mit à traverser mon sommeil, comme un rêve obsédant et délicieux. Il surgissait par bribes désordonnées et, enfin, je buvais, je buvais… J'étais sauvé.

Cette histoire du grand déluge, la voici, telle

qu'on nous la racontait, enfants, et telle qu'elle nourrit mes hallucinations dans ces jours terribles.

« Tahiti fut un jour submergé par la mer, Grand Tahiti ainsi que Petit Tahiti. Il ne resta ni cochons, ni poulets, ni rats, ni chiens, sauf ceux qui furent sauvés par deux êtres humains. Les dieux se saisirent des oiseaux et des insectes, et les conservèrent dans le ciel.

« Un fort vent du nord se mit à souffler accompagné de pluies, de trombes, d'orages destructeurs et de tornades. De grands arbres, des rochers furent arrachés et projetés en l'air par la tempête et les tourbillons.

« Mais il y eut un couple, un homme et une femme, qui fut épargné. La femme prit ses jeunes poulets, l'homme prit ses jeunes cochons, la femme prit ses jeunes chiens et ses jeunes rats, qui servaient autrefois de nourriture, et l'homme prit leur rouleau de nattes et leurs vêtements. Ils s'en furent chercher un lieu de refuge.

« Le mari regarda le mont Orohena et dit à sa femme :

"Dirigeons-nous vers cette montagne qui est la plus haute."

« La femme répondit :

"Il ne faut pas aller là !

– Pourquoi pas ? C'est le plus haut sommet et la mer ne saurait nous atteindre.

– Non, ce sommet sera aussi noyé par la mer, mais grimpons sur cette montagne en forme de cône, sur Pito-hiti ; là, la mer ne pourra monter jusqu'à nous."

« Et ils s'y rendirent tous deux.

« Ces deux êtres, ainsi que toutes les créatures vivantes qu'ils avaient en leur possession, se groupèrent sur Pito-hiti ; la mer ne les atteignit pas, mais leur refuge était à découvert, ils n'avaient pas de maison et se firent un toit avec des branchages.

« Tout le territoire de Tahiti et de Taiarapu fut alors englouti par la mer et l'eau douce. Le mont Orohena fut submergé. Seul le mont Pito-hiti demeura au-dessus de l'eau. La surface au-dessus de Petit Tahiti était semblable à l'océan, aucun sommet ne dépassait.

« Dix nuits passèrent ainsi, au bout desquelles la mer baissa, et l'homme et la femme virent surgir les sommets des montagnes. Une autre nuit passa et les chaînes des montagnes apparaissaient. Ils se dirent alors : "La colère de Taaroa est apaisée ! La mer est calme, elle s'est retirée, il fait sec, mais nous sommes abandonnés entre ciel et terre. Tous nos amis sont morts, nos chefs sont morts, la terre est détruite et les montagnes sont dénudées ! C'est un grand désastre, et même si nous comprimions nos intestins entre deux planches, et si nous serrions notre ventre avec des cordes, nous sommes malgré cela destinés à mourir !"

« Sur les montagnes se produisaient des glissements de terrain et les vallées étaient remplies de pierres. Lorsque le sol commença à sécher, ces deux humains se promenèrent, ainsi que les cochons, les chiens, les poulets et les rats ; chacun s'en fut de son côté pour chercher de quoi se nourrir.

« La putréfaction régnait dans le pays sous la forme de cadavres humains, de cochons, de chiens et de poulets morts, étendus les uns à côté des autres. Les poissons étaient en train de crever dans les petites grottes où ils avaient trouvé refuge quand ils étaient sous la mer. Toutes les maisons avaient été balayées et les *marae* s'étaient écroulés.

« Lorsque le vent s'apaisa et que le calme se répandit sur la terre, les pierres et les arbres qui avaient été déracinés et emmenés dans le ciel par le cyclone retombèrent en pluie sur la terre. Les unes après les autres, les catastrophes venaient du ciel.

« Alors la femme dit :

"Ami, nous avons échappé à la mer et à l'eau douce, et maintenant nous allons être tués par ces pierres et ces arbres qui dégringolent ! Où allons-nous nous enfuir ?"

« Ils regardèrent autour d'eux, et le mari déclara :

"Je vais creuser un trou pour nous y blottir ; sans cela, nous serons tués par la chute de ces pierres et de ces arbres !"

« Et il creusa un souterrain à flanc de montagne, face à une vallée, en tapissa le sol d'herbes arrachées par la mer, plaça du sable à l'entrée qu'il ferma d'une large pierre, et là ils demeurèrent pendant une nuit et un jour, tiraillés par la faim, effrayés et isolés, écoutant la chute des pierres et des arbres. Le bruit qu'ils faisaient en s'écrasant était grand et résonnait en écho dans les vallées. Puis les chutes s'espacèrent, devinrent rares, et enfin cessèrent, et le silence fut total.

« Ils attendirent néanmoins encore une nuit, et, lorsque vint le jour, le mauvais vent ne soufflait plus et les chutes de pierres et d'arbres s'étaient tout à fait arrêtées. À l'entrée de leur abri, ils virent le ciel sans nuages au-dessus d'eux et, devant eux, les montagnes dénudées. Il n'y avait pas d'arbres, mais seulement la terre rouge et les roches stratifiées, ainsi que des roches tachetées. Le sol était entièrement sec.

« Ils descendirent alors jusqu'au rivage et se trouvèrent bien embarrassés de n'avoir pas de maison. Tous les massifs de grands arbres avaient été détruits, il n'y avait pas de feuilles de cocotier, pas de feuilles de pandanus, pas d'écorce de purau ou de jonc pour faire un toit, une fois la charpente dressée. Ils se contentèrent donc de faire un abri formé de grandes branches placées les unes à côté des autres. Le poisson et la terre rouge étaient les seuls produits qu'ils avaient pour se nourrir.

« Une nuit passa, le matin vint, et la femme mit au monde des jumeaux, un garçon et une fille. Les parents se lamentaient de la famine à cause de leurs enfants. On ne voyait pas s'épanouir la fleur du taro, l'ava n'étendait pas ses racines, pas de bananes mûres au-dessus d'eux et pas de cannes à sucre penchées. Les racines étaient introuvables. Ah ! s'il y avait eu seulement quelques pousses sortant de terre ! Ils se lamentaient aussi sur leur pauvreté, pas d'écorce de banian, pas de mûrier à papier pour faire du tapa et en vêtir les enfants !

« La femme mit encore des enfants au monde, la

nuit passait et au jour un enfant naissait. La nourriture n'avait pas encore poussé que les enfants étaient déjà adultes ! Les rives devinrent abondamment peuplées de gens sans vêtements. L'enfant le plus vieux épousa le plus jeune, et l'enfant le plus jeune épousa le plus vieux.

« Il ne fallut pas longtemps pour que la population redevienne abondante, le pays était rempli d'une jeune nation. Ce premier couple fut le progéniteur, c'est par cet homme et sa femme que Grand et Petit Tahiti furent repeuplés après le déluge.

« Pour ce qui est des plantes, elles se mirent enfin à pousser et le pays devint verdoyant. Puis, en une nuit et un jour, le fruit de l'arbre à pain se forma, les gaines du cocotier s'ouvraient et aucune nourriture n'était en retard dans son développement.

« La population regardait et voyait les fleurs qui se changeaient en grappes de fruits, et, après trois nuits de croissance seulement, le pays abondait en toutes choses. Les gens se nourrirent et furent satisfaits. Finalement, les toits furent recouverts, le tapa fut battu et la population fut vêtue. Les calebasses se répandirent dans le pays.

« Et voyez, Tahiti existe toujours ! Elle est luxuriante et ses vallées sont pleines de créatures vivantes et de nourriture. Entre le rivage et le récif, la mer regorge de poissons et l'abondance de nourriture est sans limites. Le mont Pito-hiti se trouve dans la vallée de Papenoo, dans le nord de Tahiti, et les pierres qui tombèrent sur le pays sont répandues dans toute l'île, mais peut-être quelques-unes d'entre elles sont-elles enfoncées dans le sol. »

Des torrents dévalaient de la montagne sur notre maison de Faa'a et je criais le nom de Temarii. Tout allait être noyé, détruit, emporté, et cependant mon cri était joyeux. Ce cyclone, c'était comme la promesse d'une résurrection, d'une vie nouvelle. J'appelais Temarii, elle ne me répondait pas, mais je sentais sa présence quelque part dans la maison. « Temarii ! Temarii ! Réponds-moi. Partons, vite ! » Dans mon rêve, il nous fallait rapidement grimper sur Pito-hiti, à l'image de ce couple dont l'odyssée nous coupait le souffle quand nous étions petits. Tahiti sous l'eau, et eux accrochés à ce piton rocheux au-dessus des flots tumultueux, avec les cochons et les poulets, les chiens et les rats, tous trempés jusqu'à la moelle des os. Mais vivants ! Elle ne me répondait pas, non, et je me réveillais, la gorge en feu – ce que j'avais pris dans mon sommeil pour le martèlement de la pluie n'était que le clapotis de l'eau contre ma coque.

Enfin, un dimanche matin, oui, c'était bien un dimanche, m'extrayant péniblement de mon abri, j'eus immédiatement la sensation qu'un événement extraordinaire se préparait. La lumière était verdâtre, comme si le soleil filtrait à travers les fonds marins. Je le cherchai et ne le trouvai pas. Une masse lourde et plombée fermait tout l'horizon. Le déluge ! pensai-je. Le déluge, comme dans mon rêve ! Je restai un long moment à contempler cette menace immobile, considérable. On aurait dit que la mer elle-même s'en aplatissait de stupeur. Plus une vague, plus un souffle. Qu'est-ce qui me fit songer que nous étions dimanche ? J'en eus la certitude, car ce qui se préparait était évidemment la réponse du Seigneur à mes prières ardentes des jours passés. « Mon Dieu ! dis-je tout bas. Mon Dieu ! » J'étais infiniment petit comparé à ce que le ciel accumulait au-dessus de ma tête.

Puis il me sembla que cette masse était traversée d'éclairs électriques et bientôt, en effet, l'écho lointain d'un grondement me parvint. Oui, le déluge, pensai-je. Alors je perçus le cognement sourd de mon cœur, pris entre l'attente désespérée de l'eau et l'appréhension de ce qui allait arriver. J'étais incapable de bouger, épuisé, peut-être aussi incrédule : le bon Dieu venait-il réellement à mon secours, ou s'apprêtait-il à me noyer, à m'engloutir sous des tourbillons torrentiels ?

Les grondements se rapprochaient et, cette fois, le courant ne tentait rien pour m'éloigner, comme il m'avait éloigné du thonier fantôme. Le courant, lui aussi, paraissait frappé d'hypnose. Ce qui se préparait était effrayant.

Soudain, aussi loin que portait mon regard, la surface de l'eau s'anima, comme si des milliers de petits poissons argentés avaient été pris de convulsions. Je mis un instant à réaliser que, là-bas, le ciel avait commencé de s'abattre, mais avec une telle violence que le rideau de pluie s'ourlait sur toute sa longueur d'une frange mouvante d'écume et de vapeur.

Je sentais que mon cœur accélérait, s'affolait, comme s'il cherchait à s'échapper de ma poitrine, et cependant je ne bougeais toujours pas. De l'eau ! Des tonnes d'eau se déversaient à quelques centaines de mètres de moi et, dans le même instant, j'étais en train de mourir. Je mourais de soif.

Néanmoins, les grondements se rapprochaient. Il me sembla que le rideau de pluie grignotait petit à petit l'espace tendu et lisse qui me séparait de lui. Alors je baissai les yeux. Je respirais vite, en proie à une forme d'épouvante. « Oh, mon Dieu, faites qu'il vienne jusqu'à moi, je vous en supplie ! » Puis je relevai les yeux et il me parut que la pluie ne progressait plus. Si c'était cela, si elle ne m'atteignait pas, j'allais mourir. Un long frisson me parcourut, mais au même moment un éclair livide fendit les nuages, illuminant mon bateau d'une lueur sale et métallique. Le grondement qui suivit déchira plus largement la lourde poche et, brusquement, je vis courir la pluie.

À l'instant où elle toucha mon canot, ce fut une grêle assourdissante. En me fouettant le visage, en ruisselant sur ma peau, l'averse d'un seul coup me tira de ma torpeur. Sauvé ! J'étais sauvé ! J'ouvris mes glacières, la grande et la petite, et disposai au fond du bateau tout ce qui pouvait retenir un liquide. C'était un spectacle ahurissant, de la même nature qu'un miracle pour l'agonisant que j'étais un instant plus tôt : en quelques dizaines de secondes, le niveau de l'eau grimpa au fond de mes glacières que les brûlures du soleil avaient fini par craqueler au fil des semaines. J'y plongeai ma main et bus une première gorgée, puis une seconde, puis une autre encore et, soudain, je dus perdre la raison car je m'entendis rire sous le déluge, comme un homme ivre. Je riais, oui, et je me demande aujourd'hui ce que dut en penser le Seigneur qui avait mobilisé tout ce ciel rien que pour moi…

Puis le froid me dégrisa. Je m'aperçus que je grelottais cependant que l'averse redoublait. Alors, sans plus réfléchir, je montai dans la grande glacière et en rabattis le couvercle sur mon dos. À l'intérieur, l'eau m'arrivait aux chevilles.

C'est à ce moment, alors que je tentais de reprendre mes esprits, tremblant de la tête aux pieds, qu'un formidable coup de tonnerre ébranla mon bateau. La foudre venait de s'abattre à quelques pas de moi, et elle n'était pas tombée si près par hasard, bien sûr. Aussitôt, je pris conscience de mon ingratitude : le Seigneur me donnait la pluie, et, au lieu de le remercier, je me tenais comme une bête apeurée dans ma boîte en attendant que cela passe. Une seconde déflagration me confirma sa colère, et elle marqua aussi la fin de l'orage. Le martèlement de la pluie s'estompa, jusqu'à devenir inaudible. Quand je soulevai le couvercle, c'était fini : des traînées de vapeur flottaient au raz de l'eau, mais le ciel avait été lavé comme à l'aube du monde et le jeune soleil du matin en paraissait lui-même tout ébloui.

Je retirai mes vêtements trempés pour les étaler sur le pont. La chaleur me réconforta et je cessai de trembler. « Si tu veux te reposer un peu de moi, dis-je alors au bon Dieu, repose-toi. Merci, tu m'as donné plus d'eau que je n'en espérais, je ne te demande plus rien. Maintenant je peux bien attendre, si tu as autre chose à faire. Est-elle encore loin cette terre que tu me destines ? Je vais y réfléchir tranquillement, voilà. J'aimerais qu'elle ressemble au Tahiti d'après le déluge, au Tahiti du temps où il n'y avait pas encore l'aéroport. »

J'avais une vieille boîte de crème glacée qui me servait à écoper dans un des coffres. Je la pris et parvins à remplir d'eau douce mes treize bouteilles ainsi qu'une partie de mon jerrican. Après ça, je bus de nouveau deux petites gorgées, mais pas plus, car de violentes douleurs me tiraillaient le ventre comme si un mauvais esprit s'amusait à y rouler des cailloux.

Je repris confiance. Ma toux diminua un peu, je respirais plus librement. Ma bouche n'avait plus la consistance râpeuse du carton, j'avais retrouvé des sensations, mais maintenant le poisson cru me donnait la nausée. Pour éviter de vomir, je l'avalais par morceaux minuscules, en suppliant mon ventre de bien vouloir le garder.

« Je l'ai pêché pour toi, lui disais-je, c'était un petit thon, il suivait le bateau. Pourquoi tu crois que je l'ai tué ? Pour que tu le rejettes à l'eau en bouillie ? Certainement pas ! J'ai confié à ce petit thon que j'avais besoin de sa chair pour ne pas mourir, qu'il n'avait pas mangé lui-même tant de poissons et vécu tant de lunes en vain, mais pour moi, pour permettre à ma propre chair de ne pas se dessécher comme celle des défunts. Écoute-moi, pauvre ventre ! Maintenant, tu dois faire ton travail, presser tout le jus de ce poisson et le donner à boire à mes bras, à mes jambes, qui n'ont presque plus de force. Si j'avais un peu de vinaigre, ça serait meilleur, mais je n'ai rien du tout, tu le sais bien. »

Au fil des semaines, des mois, j'avais pris cette habitude de parler aux différentes parties de mon corps comme si chacune était un être à part, et cela m'aidait à supporter la douleur. J'avais essayé de réconforter ma langue lorsqu'elle était sèche et gonflée, et cela m'avait permis d'isoler la souffrance de la soif et d'en protéger un peu le reste de mon corps. À présent, je faisais de même avec mon ventre, ma tête, mes jambes. Je m'adressais également aux divers objets qui m'entouraient comme s'ils étaient des êtres vivants. Je crois que sans cesse je parlais, aux poissons que j'attrapais comme à ma boîte de crème glacée, à l'eau qui coulait dans mon gosier comme à mes mains dont le spectacle me plongeait dans une profonde affliction. Il était loin le temps où ces mains-là foudroyaient le mahi mahi d'un seul coup de harpon. Je les regardais vider les petits thons, les bonites ou les chirurgiens que je ne pêchais plus qu'au fil de nylon, et je les trouvais terriblement vieillies. Elles s'étaient fripées sur le dessus et souvent elles tremblaient. « Qu'est-ce qui vous est donc arrivé, que vous soyez devenues chétives comme des vieilles femmes ? je leur demandais. Qu'est-ce qui vous est donc arrivé ? Vous avez souffert de la soif, vous aussi ? Mais nous avons de l'eau désormais, et vous n'êtes pas plus vaillantes... » Sur le moment, j'étais partagé entre la pitié et la honte, puis j'oubliais, je rêvais du chasseur que j'avais été, au temps de Faa'a et d'Ato, et c'était elles qui me sortaient de ma rêverie à telle ou telle occasion où je les voyais s'affairer si faiblement.

« Mon Dieu, je m'exclamais, mais vous ne valez plus rien du tout !… »

Comme je me passais de l'eau de mer sur le visage, un matin, je fus surpris par la longueur de ma barbe. Je n'y avais pas prêté attention et, soudain, je la découvrais étonnamment fournie. C'est elle qui me donna brusquement l'envie de m'examiner. Je me souvins que j'avais quelque part un petit miroir pour lancer des signaux en cas de besoin. Il faisait partie de l'équipement que nous devions embarquer. Je me mis à sa recherche et le découvrit au fond du casier où je rangeais mes fusées.

Cependant, à l'instant où je le plaçais devant moi, il se passa une chose stupéfiante : un ancêtre était dedans et me contemplait. Un vieillard exsangue dont les pommettes saillaient sous une peau tannée et tendue comme une membrane de *pahu*, un de ces petits tambours en peau de requin. Une masse impressionnante de cheveux couleur de cendre lui recouvrait le front, les sourcils, les oreilles, et lui tombait si bas qu'elle se confondait avec sa barbe. J'avais souvent deviné le murmure des ancêtres, mais jamais je n'en avais vu un de mes propres yeux. Celui-ci surgissait sûrement d'un temps lointain, car sa peau était plus sombre que l'écorce du banian et ses yeux, retirés au fond de profondes orbites, semblaient tout à fait éteints.

Pourtant, ce fut d'eux que me vint la preuve de mon erreur. Comme je scrutais ce regard, je crus soudain y déceler une lueur d'effroi et de curiosité mêlés. Comment un ancêtre aurait-il peur de moi ? me dis-je. Et au moment même où je me faisais cette réflexion, je me reconnus sous les traits de ce revenant. Cela accrut considérablement ma frayeur. Aucune image, aucun événement n'aurait pu mieux me signifier combien je m'étais rapproché de la mort en quelques semaines seulement. Je passai la main sur mon visage, tentai d'en écarter la toison : c'était bien moi, oui, il n'y avait aucun doute, mais hébété, décharné comme un spectre.

Avais-je un espoir de survivre ou étais-je déjà trop engagé sur le chemin des morts ? Je sentis monter en moi de la colère, de la colère comme je n'en avais plus éprouvé depuis les bêtises du gamin à Faa'a. Je ne voulais pas mourir, certainement pas, je voulais vivre, vivre ! Mais de quoi est-ce que je disposais pour reprendre des forces ? Je n'avais rien d'autre qu'un peu d'eau, et ce poisson cru qui me soulevait l'estomac. Qu'est-ce que je pouvais faire, mon Dieu ? C'est alors que je songeais aux ciseaux qui se trouvaient dans ma boîte à pharmacie. Avec eux j'allais chasser de moi ces lichens, cette pourriture morbide qui avait envahi mon visage, me dis-je, comme les algues s'étaient emparées de ma coque. Avec eux j'allais me défendre.

Mes cheveux n'avaient plus été coiffés depuis Faa'a, et le sel les avait curieusement sculptés en lourds tentacules. J'entrepris de les couper un à un, avec la rage désespérée que j'aurais mise pour me défaire d'une pieuvre. Puis je m'attaquai à la barbe. Petit à petit, mon visage surgit des décombres. Je le reconnaissais, et cependant il n'était plus exactement le même : les tempes s'étaient beaucoup creusées, partout la peau épousait étroitement les os, et il y avait dans le regard une fixité qui m'était étrangère. Quel mauvais esprit l'avait placée là ?

***

Le récit d'Hélène. Samedi 15 juin

Cela faisait exactement trois mois que papa avait disparu. Trois mois !

Et cependant, la vie continuait. Ce samedi-là, mon mari et moi vendîmes nos poissons au bord de la route, et puis j'entrepris de préparer le déjeuner.

À chaque repas, mon fils revenait sur notre chagrin, comme s'il avait peur qu'on finisse par l'oublier avec le temps.

« Il est où, grand-père ? demanda-t-il encore ce jour-là. »

« Tu sais bien, il est en panne quelque part sur la mer. On le retrouvera. »

Presque plus personne ne passait nous voir, les gens commençaient à l'oublier, en effet, mais moi je savais que Dieu nous le rendrait.

***

Le Seigneur dut s'amuser de ma colère subite contre mes cheveux car, dans les jours suivants, il me fit signe à deux reprises sur le ton de la plaisanterie.

Un matin, comme je me penchais par-dessus bord en me demandant quel poisson me conviendrait le mieux, j'eus la surprise de découvrir une tortue nageant là, tranquillement, tout contre ma coque. Nos dieux d'autrefois vénéraient les tortues, et une conversation me revint entre Ruatupua, qui voulait mettre de l'ordre dans la création il y a longtemps de cela, et Tane, le dieu de la Beauté.

– Ô Tane, demandait le premier, quels sont les poissons qui nageront au large dans les grandes profondeurs et se reposeront sur la crête des vagues ? Et quel est le poisson qui pondra ses œufs dans le sable de la plage ?

– Ô Ruatupua, répondait le second, la baleine, le requin, la tortue et le phoque, et beaucoup d'autres poissons nageront au large dans les grandes profondeurs et se reposeront sur la crête des vagues. Et la tortue pondra ses œufs dans le sable de la plage.

Je me rappelais cette histoire que racontaient les vieux des Tuamotu et je la dis tout haut, comme on fredonne une rengaine. Puis je demandai au Seigneur de me pardonner :

« Je sais bien qu'il n'y a que toi, lui dis-je, et que tous ces dieux dont on se récite les exploits n'ont jamais existé que dans nos cerveaux enflammés. »

Et je le remerciai pour cette tortue. Dans l'ancien temps, aux Tuamotu justement, les hommes n'avaient pas le droit de manger les tortues, ils les conservaient pour les dieux à qui ils les offraient en sacrifice au cours de longues cérémonies pleines de chants et de prières. Et voilà que le Seigneur m'en offrait une !

« Je crois que tu te moques gentiment de moi, lui dis-je encore. Tu m'as donné de l'eau, tu pensais que je serais content, mais au lieu de ça tu m'as entendu geindre que je n'avais que du poisson cru à manger ; alors, ce matin, tu m'envoies une tortue, comme si j'étais un dieu et toi un petit récitant servile et apeuré. »

La tortue me faisait envie, mais elle était très grosse, bien trop grosse pour moi tout seul.

« Il faudrait qu'on soit au moins trois pour te manger, lui expliquai-je. Je ne vais sûrement pas t'attraper, ça serait du gâchis. »

Elle ne s'éloignait pas, cependant, elle avait l'air de se plaire dans la compagnie des petits qui nageaient tout à fait dessous. À la mi-journée, elle était encore là ; alors, je dis au Seigneur qu'elle ne me dérangeait pas, au contraire, mais que je n'avais pas l'intention de la tuer pour moi.

« Écoute, Seigneur, je vais en manger un petit morceau gros comme le pouce, et tout le reste va se perdre. Ne le prends pas mal, mais je préfère laisser nager cette tortue. »

Ma prière dut être entendue parce que, au milieu de la nuit, je vis qu'elle avait disparu.

Le lendemain, ou le surlendemain, il arriva une autre chose extravagante. Le ciel se couvrit d'un côté, puis de l'autre, tandis qu'au-dessus de moi il demeurait étrangement limpide. Bientôt, deux orages distincts se déclarèrent, et, m'attendant à pouvoir récupérer quelques litres d'eau supplémentaires, j'ouvris mes glacières et me mis à patienter. Des éclairs strièrent les nuages, le tonnerre gronda ici et là, et enfin l'averse s'abattit. Un fort rideau de pluie me fermait l'horizon sur la droite, un autre sur la gauche, mais le soleil continuait de resplendir sur ma tête. Je mis un certain temps à comprendre que jamais la pluie ne m'atteindrait et que le Seigneur, là-haut, s'amusait bien de moi. Tout lui appartenait dans ce monde, nous n'étions rien sans lui, et s'il lui plaisait de me rôtir sous son soleil comme un poisson-chirurgien sur un feu de braises, pendant qu'à trois pas de là il faisait jaillir des torrents d'eau fraîche sur le grand océan, eh bien, c'était son affaire, je n'avais pas à me plaindre.

« Je vois comme tu es puissant, lui dis-je, et j'ai compris le message : tu me donnes le jour et puis la nuit, le soleil et puis l'eau. C'est toi qui me conduis, mes gémissements et mon impatience ne font que t'agacer. Je toucherai terre quand tu le voudras et, en attendant, c'est toi qui décides des épreuves que je dois endurer. »

C'est la nuit même, ou la suivante, qu'un long frisson sur ma peau m'avertit qu'un événement d'une ampleur extraordinaire se préparait. Un souffle étonnamment chaud me tira du sommeil, comme si le vent avait attrapé la fièvre. Je sortis de mon abri et me redressai maladroitement. Des bourrasques s'élançaient à intervalles, pleines d'un air brûlant en effet. Au plus fort, elles soulevaient le bateau et me faisaient chanceler, puis le vent retombait et l'on croyait entendre cogner un cœur malade. C'était une nuit sombre, sans lune, mais, en levant les yeux, je vis que des nuages filaient à grande allure sous les étoiles. On aurait dit qu'ils fuyaient, comme des bêtes affolées poussées par le feu. Mais où était-il, ce feu ? Les bourrasques surgissaient des ténèbres, tourbillonnaient dans mon habitacle et s'envolaient aussi vite qu'elles étaient venues.

« Quoi, mon Dieu ? Que m'annonces-tu ? dis-je tout haut. Jamais je n'ai senti cette touffeur de l'air sur la mer, en plein milieu de la nuit. Je pressens un danger, je n'ai pas peur, mais vois comme je suis démuni ! Je n'ai rien, ni voile ni moteur, comment vais-je me défendre si tu déclenches sur moi toute la colère du monde ? »

Je bus une gorgée d'eau et attendis. Dans les accalmies, j'avais l'impression pénible d'entendre murmurer les mauvais esprits derrière le rideau sombre de la nuit. Je sentais leur présence tout autour de moi et, instinctivement, je les cherchais, mais, aussitôt que je me retournais, ils détalaient comme des rats et je croyais discerner leurs ricanements. Ils se moquaient de mon aveuglement, de mon impuissance. Puis, subitement, le vent revenait au galop et son haleine chaude me saisissait au visage. Sous ses ruées, mon bateau était maladroit et lourd comme un cheval blessé, il semblait se demander où se mettre, tantôt roulé sur le flanc, tantôt précipité par l'arrière dans des embardées pitoyables.

La mer, étrangement passive et noire cette nuit-là, finit par s'agacer des soudaines sautes d'humeur du vent. Elle le manifesta à sa façon paresseuse, en se soulevant et en s'abaissant, comme la poitrine d'un dieu vieillissant qu'un cri d'enfant empêcherait de dormir. Puis sa respiration s'accéléra et, bientôt, comme elle commençait à se creuser, la brise parvint à lui arracher des fragments d'embruns qui s'accrochèrent à mes joues. Mon Dieu ! mais on aurait dit que les vagues aussi étaient tout imprégnées d'eau chaude...

Oui, un événement d'une ampleur extraordinaire se préparait et je m'entendis réciter un « Notre Père », accroché à la main courante du pont pour ne pas être jeté par-dessus bord. La grande glacière venait de bouger dans un coup de roulis. Si la mer se creusait encore, et il était évident qu'elle n'en était qu'aux balbutiements, la glacière risquait de glisser de plus en plus violemment, jusqu'à n'être plus contrôlable et à détruire le bateau. Le danger était réel dans une embarcation livrée sans moteur au chaos des éléments. Il fallait très vite tout arrimer, et, pendant qu'il en était encore temps, je sortis les cordes dont je disposais. Les embardées du bateau ne me facilitèrent pas les choses, mais, un moment plus tard, la glacière était solidement assurée sur l'avant, préservant en partie du vent et des embruns mon petit abri sous le pont.

L'effort m'avait épuisé et maintenant j'avais envie de m'allonger et de dormir un peu. Je me faufilai sous le pont et, prévoyant que tout allait rapidement se gâter, je fermai le trou d'homme avec mon ciré et m'assoupis tant bien que mal.

Les ruades désordonnées du bateau me réveillèrent. Il semblait haleter et appeler au secours comme une bête qui se noie. À l'instant où j'en prenais conscience, un paquet de mer s'abattit sur le pont avec un bruit de grêle. Alors je m'aperçus que j'étais trempé de la tête aux pieds, le canot avait embarqué pendant mon sommeil et, au lieu de s'évacuer par l'arrière, l'eau avait reflué sur l'avant. Un reflet grisâtre arrivait du dehors, le jour avait donc fini par se lever. Par précaution, pour ne pas être précipité à la mer, je sortis seulement le buste par le trou d'homme après en avoir retiré le ciré. C'était un spectacle hallucinant : tout autour de moi l'océan bouillonnait d'écume, on aurait dit des pétales de tiaré, la fleur blanche de Tahiti. Le vent me siffla aux oreilles, il avait fraîchi et beaucoup forci. « C'est un début de tempête, pensai-je, ça ne va pas s'arrêter comme ça », et je redescendis aussitôt sous le pont pour enfiler tout ce qui pouvait me protéger.

Je mis l'une sur l'autre mes brassières de sauvetage et passai mon ciré par-dessus. Ainsi harnaché, j'avais doublé de volume et j'eus plus de mal à me faufiler par l'écoutille. Cependant, les brassières étaient utiles, car, dans les embardées que faisait le bateau, elles me garantissaient des chocs en me maintenant étroitement coincé dans le trou d'homme au niveau de la taille. Pour la centième fois, je me retrouvais donc debout à mon poste de pilotage, accroché des deux mains au manche à balai du gouvernail. Pourtant, ce matin-là, ça n'était pas l'espoir d'un navire qui me tenait en vigie, mais l'appréhension de la colère que je voyais enfler entre la mer et le ciel.

Le vent courait maintenant à une allure folle sur

la surface mousseuse de l'océan, mais les vagues qui déferlaient partout ne menaçaient pas encore mon bateau.

« Comme toujours, me dis-je, la mer tarde à se mettre véritablement en fureur, elle supporte longtemps les gifles du vent, la morgue du ciel, mais, quand elle sort de ses gonds, plus rien ne l'arrête. Alors le ciel peut bien lui sourire et le vent se faire tout petit, elle continue ses ruades, ses fracas torrentiels, comme si elle n'avait pas compris qu'ils se moquent bien d'elle, là-haut. »

On n'en était pas là. Pour le moment, le ciel, d'un gris de plomb, laissait filtrer par endroits quelques rayons jaunâtres qui jetaient sur l'écume un scintillement sale.

Le vent forcit encore en milieu de journée et à plusieurs reprises, soulevant le bateau par l'arrière, il l'entraîna dans une glissade vertigineuse que j'essayai de contrôler mais qui se termina chaque fois en collision à l'instant où l'étrave, précipitée de la crête d'une déferlante, s'abattait lourdement dans le ressac. J'eus peur que la violence des coups ne finît par briser le bateau et j'envisageai de jeter l'ancre flottante. Elle n'empêcherait pas mon canot de « surfer », mais, en le ralentissant, elle amortirait le choc.

Quitter la protection de l'écoutille pour établir l'ancre était risqué dans ce chambardement, mais la mer se formait et, si j'attendais encore, tout déplacement deviendrait impossible. Je gagnai l'arrière en chaloupant, m'accrochant comme je pouvais aux plats-bords. Puis je parvins à laisser filer l'ancre et, tandis que le bateau se cabrait, c'est à genoux que je rejoignis l'avant. Ma situation s'améliora aussitôt, je pus me mettre debout à la lame et je sentis que le bateau en était soulagé.

Je me tenais à la barre, tendu par l'effort, le visage fouetté par le vent, quand je m'aperçus que je n'avais rien mangé depuis la veille. Je devais choisir entre deux périls : négliger mon corps, qu'une extrême faiblesse trahissait à chaque instant, au profit de mon bateau, ou laisser celui-ci repartir de travers à la lame et manger un peu de mahi mahi séché. Je craignis d'être retourné et je décidai de rester à la barre.

C'est là que me trouva la nuit. Elle s'abattit d'un seul coup, me plongeant dans la cécité. La mer avait considérablement grossi au fil de l'après-midi et les creux atteignaient maintenant trois à quatre mètres. J'étais certain qu'abandonné à lui-même le bateau chavirerait ; toutefois, dans la nuit, il devenait très difficile de lui conserver le bon cap. Les vagues surgissaient du néant au dernier moment, monumentales, la crête irisée d'écume, et je devais chaque fois lancer mon bateau à leur assaut, suppliant le Seigneur de lui donner encore et encore la force de se cabrer. Nous passions, mais aussitôt après le risque était immense qu'une de ces montagnes d'eau déferlât à l'instant même où l'étrave plongeait, car alors nous serions engloutis, perdus.

Où découvris-je l'énergie pour tenir ? C'était comme si chaque vague me tirait vers l'avant, toujours plus loin. « Encore elle, mon Dieu, et puis je soufflerai ! » Mais il en venait inlassablement de nouvelles, puissantes comme une armée de chevaux au galop jaillissant des ténèbres, et je ne soufflais pas. Parfois, je percevais le fléchissement de mes jambes, leur épuisement à l'instant où l'étrave chutait lourdement au fond des creux, ébranlant une seconde toute l'ossature du bateau, mais je n'avais guère le temps de m'y arrêter. Parfois, des paquets de mer me giflaient le visage, et je me sentais impuissant et minuscule, tellement petit, arc-bouté seul contre un déchaînement qu'un millier d'hommes n'aurait pas suffi à contenir.

Est-ce ainsi qu'allait se finir mon naufrage ?

« Seigneur, murmurai-je, pourquoi m'as-tu empêché de mourir de soif l'autre jour ? Je ne me battais plus, j'étais à ta disposition, tu aurais pu m'emporter comme tu l'aurais voulu vers le lointain pays des ancêtres et, au lieu de cela, tu m'as ressuscité de ton eau. Pour mieux me jeter dans la tempête ? Qu'attends-tu de moi ? Tu ne vois donc pas que mes forces m'abandonnent ? Pourquoi lancer contre moi toutes les vagues de ton grand océan ? Je connais ta puissance et je ne suis plus aujourd'hui qu'un vieil homme. Si tu veux m'enlever à ce monde, ne te gêne pas, fais-le, je suis si fatigué... »

Mais, tout en disant cela, il me parut que, si je parvenais à tenir jusqu'au matin, je survivrais. Dans nos récits anciens, ne fallait-il pas constamment vaincre les ténèbres pour mériter la lumière ?

« Tane prit sa masse pour faire tout cela – la Beauté – et il se proposa de bannir et jeter à bas toutes les mauvaises choses qui sortaient des ténèbres, loin de ce monde de lumière… »

Quand le ciel pâlit faiblement, il me vint des mots de reconnaissance envers le Seigneur. Et pourtant, le tableau que j'embrassais du regard était effrayant. Des lames monstrueuses s'élançaient à ma rencontre, entrecoupées d'immenses nappes d'eau noire qui semblaient prêtes à se déchirer pour m'engloutir à jamais. Les nuages étaient comme fous, harcelés par les hurlements du vent. La tempête avait tout chamboulé, jeté les éléments dans une fureur aveugle, et on eût dit que j'étais le dernier des vivants à errer sur ce champ de ruines, dressé à l'avant de cette embarcation minuscule, à demi rongée déjà, mais que la mer n'avait pas encore trouvé le moyen de fracasser entre ses mâchoires.

À chaque vague que nous devions escalader, je pensais que ça serait la dernière et je m'en remettais au Ciel. Parfois, elles déferlaient avant que le bateau ait pu atteindre la crête, et un bouillonnement d'écume balayait le pont, me noyant le visage, emplissant ma bouche et mes yeux d'une eau rêche, corrosive, qui allait ensuite s'abattre dans l'habitacle avec un bruit de cascade. Tout en suffoquant, je songeai : « Nous venons d'embarquer une énorme quantité d'eau, cette fois il n'aura pas la force de se redresser, d'enjamber la prochaine vague, nous allons couler… »

Mais, à demi submergé, il parvenait encore à traverser la lame suivante et, dans l'intervalle, il paraissait s'ébrouer, comme un gros animal rescapé des flots, puis reprendre des forces tandis que l'eau s'évacuait par l'arrière. Lui non plus ne voulait pas mourir, il se débattait, il résistait, et, comme nous étions attachés l'un à l'autre, je sentis naître à son égard une forme d'émotion.

« C'est bien, tu es courageux, lui dis-je, le bon Dieu nous envoie une épreuve terrible et j'ai besoin de toi pour tenir. Après ça, nous en aurons fini, tu sais, nous serons sauvés. Si j'osais, je t'en ferais la promesse. Que veux-tu que le bon Dieu invente de pire que ce que nous vivons là ? Il n'existe rien de pire à la surface du monde. Nous serons sauvés, je te dis. »

Je serais incapable de décrire comment s'écoulèrent les heures durant cette journée ahurissante. Chaque vague était un défi, et chaque seconde gagnée sur le désastre que je pressentais, une victoire. À présent, j'attendais la nuit, comme si avec elle un répit allait m'être accordé. L'espoir est toujours porté par une attente, je le sais aujourd'hui, même si cette attente ne repose sur rien de raisonnable. Debout à ma barre depuis des dizaines d'heures, je n'avais plus aucune sensation dans les pieds et je ne parvenais plus du tout à remuer mes jambes – elles avaient pris peu à peu la consistance lourde du plomb. Je n'avais rien mangé ni rien bu depuis le début de cet ouragan et, comme s'il avait compris qu'il était désormais livré à lui-même, détaché de mon cerveau qui avait bien autre chose à penser, mon corps s'était mis à fonctionner sans me demander mon avis. Je percevais confusément qu'il se soulageait là, à mes pieds, et en moi-même je l'en remerciais. « Toi aussi, tu fais ton possible pour ne pas mourir, lui disais-je, c'est bien, n'aie pas honte, nous nous retrouverons quand tout cela sera fini. »

Au lieu de m'apaiser, le crépuscule m'écrasa le cœur. Le vent mugit rageusement au moment où nous plongions dans les ténèbres, comme pour accroître mon angoisse. Et de nouveau je fus soumis à l'impressionnante soudaineté de la mer. Surgissant de la nuit sous forme de murs d'eau couronnés d'écume, elle menaçait à chaque instant de m'engloutir. À plusieurs reprises, durant cette longue nuit, je m'entendis pleurer tout bas, d'épuisement, de peur. Je crois que tout ce qui demeurait en moi de vivant se mit petit à petit à sangloter. Mes pieds et mes jambes paralysés sanglotèrent, puis mon ventre, puis mon cœur, puis mes mains, et tous ces sanglots enfouis produisirent bientôt une sorte de miaulement qui s'échappait par intervalles de ma propre gorge et accompagnait mes pleurs. « Voilà que je geins », songeai-je en m'écoutant. Et en effet je geignais, comme un mourant, mais curieusement cette misérable plainte, au lieu de me désespérer tout à fait, me soutenait, m'encourageait, comme une ultime prière venue des tréfonds de mon âme.

L'aube me surprit. J'étais transi. Toute la nuit, mon bateau et moi avions affronté des montagnes d'eau, et combien d'entre elles s'étaient au dernier moment fracassées sur le pont, m'explosant au visage avant d'envahir le cockpit ? C'était un miracle si nous voguions encore à la surface de ce déchaînement. Combien de temps allais-je pouvoir tenir ? Le peu de chaleur qui me restait semblait s'être concentrée autour de mon cœur. À certains moments, quand je me croyais perdu, je l'entendais cogner follement. Il frappait, se débattait, mais, le danger passé, il retrouvait comme par magie son rythme régulier d'horloge. Cela aussi, c'était un miracle : que, dans la colère meurtrière des eaux, le cœur d'un homme pût continuer de battre au chaud, bien à l'abri de la rouille et des assauts du vent. Oui, combien de temps allais-je pouvoir tenir, le ventre vide, sans sommeil, et le bas du corps inexorablement paralysé ?

La couleur s'était détournée du jour qui se levait. Tout ce qui bondissait et volait autour de moi avait pris la teinte uniforme de l'acier. Où était donc passé le soleil ? L'idée me vint que ce pouvait être cela l'enfer : cette fureur glaciale autour de soi et, à chaque instant, l'incertitude de ce qui allait survenir. Cependant, je m'apprêtais à demeurer là jusqu'à mon dernier souffle, parant les coups tant bien que mal, traversant l'ouragan debout, comme un survivant fantomatique, quand un ébranlement sourd du bateau me fit trembler le cœur. Quelque chose venait de se rompre, ou peut-être avions-nous heurté un objet à la dérive, un fût métallique, un tronc d'arbre, comme il m'était arrivé d'en croiser. Il était possible que la coque fût déchirée. En ce cas, l'eau allait rapidement envahir le navire et il n'y avait plus rien à espérer. Non, il ne sombra pas, mais il glissa subitement sur le flanc, devenant pratiquement ingouvernable. Alors je compris que l'ancre flottante venait de rompre. Plus rien ne nous maintenait dans le lit du courant, debout à la lame et au vent. La barre répondait encore, mais très faiblement. Cette fois, nous n'étions plus qu'une épave à la merci du vent et des déferlantes.

Je suis certain que sans la prière, sans l'aide de Dieu, je n'aurais pas survécu aux heures qui suivirent.

Car je fus alors précipité dans ce que les évangélistes appellent du nom d'apocalypse. La mer s'empara de mon bateau et à chaque minute je crus qu'elle allait m'engloutir. Jamais je n'avais connu semblable séisme, bien au-delà de tous les cauchemars. Bien au-delà. Je voyais mon bateau dévaler des murs d'eau vitreux de six à sept mètres de haut et, à l'instant où la crête allait le recouvrir, à l'instant où je cessais de respirer, une autre vague monumentale le soulevait comme si réellement la main du Seigneur s'était trouvée là. Je ne dirigeais plus rien. Accroché à cette barre qui battait dans le vide, je ne faisais qu'appeler le ciel à mon secours. Je hurlais vers la masse sombre des nuages toutes les prières qui me venaient, comme s'il avait fallu pour que le Seigneur m'entende que ma voix recouvre le gigantesque fracas de l'océan. Mais, parfois, des hurlements d'effroi remplaçaient la prière. Le bateau allait se briser, je le voyais, j'en étais sûr, et le cri qui montait alors de ma poitrine était un long sanglot.

Quand ce jour sans lumière bascula dans le crépuscule, je crus que jamais je ne reverrais la beauté du matin à l'instant où le soleil l'illumine de ses rayons pâles. Je crus que la nuit qui venait me garderait pour l'éternité dans sa profondeur. Et pourtant, c'est au fil de cette nuit-là que je vis s'installer petit à petit l'accalmie.

Le vent faiblit le premier, puis la mer retomba progressivement, comme fatiguée de tant de ruades. « À quoi bon ? semblait-elle se demander. À quoi bon ? » Et je pensais que c'était à moi que ces mots s'adressaient, à moi qu'elle n'avait pas réussi à décrocher de son dos.

Je dus perdre conscience à l'instant où je compris que j'étais sauvé. De ce moment, je garde le souvenir de m'être senti aspiré par l'écoutille, comme si soudain mes jambes ne me portaient plus. Puis je ne vis et n'entendis plus rien.

Le soleil était au zénith quand je rouvris les yeux. J'étais recroquevillé sous l'écoutille dans mes vêtements trempés. Combien de temps étais-je resté sans connaissance ? La tempête s'était éloignée, laissant derrière elle un ciel lavé d'un bleu intense. Sortant d'une si longue nuit, la luminosité m'était à peine supportable. Le pont était brûlant au-dessus de moi. Je voulus bouger pour gagner le cockpit et me défaire de ma carapace raidie par le sel ; toutefois, mes jambes ne m'obéissaient plus. En rampant, je parvins à sortir et à gagner l'espace ensoleillé. Là, je réussis à m'adosser au plat-bord et commençai à me déshabiller lentement. Jamais je n'avais aspiré à la chaleur sur ma peau comme en ce jour. Mais, une fois nu, je fus stupéfait par l'aspect de mon corps : mes pieds et mes jambes avaient au moins doublé de volume, on ne distinguait plus ni les chevilles ni les genoux. Mon buste, en revanche, s'était asséché comme celui d'un défunt, les côtes saillaient sous la peau tendue à se rompre, et mes bras, qui avaient été si forts, n'étaient guère plus charnus que des bâtons.

Un très long moment je demeurai là, sans force, laissant les rayons brûlants me pénétrer. Le soleil avait-il le pouvoir de me rendre mes jambes ? On aurait dit deux troncs d'arbre, lourds et morts, qu'un esprit mauvais aurait accrochés à mes hanches. Cependant, je reprenais peu à peu mes esprits. Où en étais-je ? Après trois ou quatre mois de dérive, j'avais donc essuyé une tempête comme jamais je n'en avais connu. J'en étais sorti affaibli, presque infirme, mais vivant. Et maintenant ? Qu'allait-il arriver maintenant ? Le souvenir de la violence de la mer me fit relever les yeux. Une longue houle la parcourait : tantôt nous plongions dans de profondes vallées, tantôt nous nous élevions et alors je pouvais embrasser du regard l'horizon lointain. Aucun relief, aucune présence n'y était discernable. Où me trouvais-je ? C'était une question vertigineuse, car l'immensité du Pacifique laissait bien peu de chance à la rencontre d'une terre au seul gré du hasard.

Heureusement, le Seigneur était là-haut qui veillait. Je me dis que lui savait combien de jours, combien de mois peut-être, me séparaient encore de ma destination, et cela me réconforta. Mais comment allais-je survivre en attendant ? Le peu de force qu'il me restait me permettrait sans doute de pêcher à la ligne, mais je ne m'imaginais plus lançant le harpon. Cela dit, j'avais encore une bonne quantité de mahi mahi séché. En y songeant, pourtant, cela ne me tenta pas. Malgré tous ces jours sans manger, je m'aperçus que je n'avais pas faim. Mais j'avais soif, oui. Le souvenir de l'eau réveilla un appétit bien vivant en moi. Et soudain je me découvris une envie folle de boire. Oh, mon Dieu, oui, boire, tout de suite ! Dans ma hâte, je crus pouvoir me lever, et retombai sur le flanc. Alors j'allai en rampant jusqu'à ma réserve d'eau et, en tremblant, je bus quelques gorgées.

Ce premier jour de ma renaissance à la vie, je ne fis rien d'autre que boire un peu d'eau et me réchauffer au soleil. Lorsqu'en fermant les yeux je songeais à mon corps, il me semblait que mes os eux-mêmes devaient être mouillés, et des visions de vert-de-gris et de moisi me traversaient l'esprit.

Quand le jour commença à décliner, je me couvris comme je le pus. Les deux tee-shirts que j'avais en partant de Faa'a, l'un à manches courtes, l'autre à manches longues, étaient à présent en lambeaux, et mon short ne valait pas mieux. J'avais mis tout cela à sécher sur le pont et, en me rhabillant, j'eus la sensation d'entrer dans une fragile carapace d'écorce. Puis je renfilai mon ciré et j'étais si fatigué que je m'endormis comme cela, allongé en travers de mon bateau.

Je me réveillai dans la nuit, pris d'une grande soif. Je bus encore trois ou quatre gorgées, puis, comme mes jambes ne m'obéissaient toujours pas, je me mis à les considérer à la lumière du croissant de lune, saisi d'une profonde perplexité. Elles reposaient devant moi, inertes, épaisses et sombres comme des fûts de cocotiers ou d'arbres à pain. De quoi étaient-elles donc remplies ? Ça n'était certainement pas la chair maigre du poisson cru qui les avait nourries ainsi qu'elles ne savaient plus ni bouger ni se plier. Alors il me revint qu'on racontait autrefois que les arbres de Tahiti avaient jailli des hommes. Pour le cocotier, on disait que la coque était le crâne et la bourre, les cheveux. Les deux petits trous étaient les yeux et le grand trou, d'où s'élance la jeune pousse, la bouche. Les larmes étaient l'eau contenue dans la noix, et le cerveau, la matière spongieuse qui nourrit la jeune plante. Les côtes étaient les feuilles et le sang, la sève.

Il me revint aussi cette bribe d'histoire qu'on rapportait à propos de la naissance de l'arbre à pain :

« Ruataata et son épouse se lamentaient sur le sort de leurs enfants affamés. Ils les conduisirent à une caverne dans les montagnes pour y manger des fougères.

« Un soir, Ruataata dit à son épouse :

"Ô Rumauarii, lorsque tu t'éveilleras le matin, va dehors et tu verras mes mains qui sont devenues des feuilles. Regarde le tronc et ses branches, ce seront mon corps et mes jambes. Le fruit rond que tu verras sera mon crâne, et le cœur du fruit ma langue. Fais rôtir le fruit, laisse-le tremper dans l'eau, puis enlève la peau en le battant et manges-en, puis donnes-en à nos enfants, ainsi vous n'aurez plus faim."

« Puis Ruataata sortit, et sa femme, ne comprenant pas ses paroles, resta dans la cave avec les enfants.

« Le matin, de bonne heure, elle se leva, sortit et constata que l'entrée de la caverne était ombragée par un arbre splendide. C'est alors qu'elle saisit le sens des paroles de son mari et, tout en pleurant, elle ramassa les fruits mûrs qui étaient tombés sur le sol, les fit rôtir et, après les avoir trempés dans l'eau selon les indications de son mari, en nourrit ses enfants et en mangea elle-même. »

Est-ce que des branches allaient bientôt s'élancer de mes jambes et des fruits mûrs tomber au fond de mon bateau ? Est-ce que celui-ci, s'accrochant enfin au fond de la mer, allait devenir la graine d'une montagne que le Seigneur s'emploierait à faire germer pour qu'elle s'élève un jour au-dessus de l'océan ? Je me rendormis dans ce rêve d'une terre qui surgirait des flots, dressant vers le ciel des bouquets de cocotiers et d'arbres à pain.

Puis ma vie retrouva son rythme ordinaire. En me réveillant, ce matin-là, je parvins tant bien que mal à pêcher au fil de nylon un poisson-chirurgien dont je mangeai quelques lamelles de foie et de chair, conscient que j'allais rapidement mourir si je cessais de m'alimenter. Ce premier repas, après un jeûne de plusieurs jours, eut un effet bénéfique presque immédiat. Je sentis renaître un peu de mes forces et, surtout, je repris confiance. Au fil de la journée, je m'obligeai à manger régulièrement, accompagnant chaque repas de deux ou trois gorgées d'eau. Je réussis même à me traîner jusqu'à l'ombre du pont pour somnoler un moment au plus fort de la chaleur. La mer, soulevée d'une houle régulière et comme un peu lasse, semblait prête à me laisser le temps de me remettre.

Pour la première fois depuis longtemps je dormis toute la nuit, et profondément. Quand le soleil, déjà haut, me réveilla, non seulement aucune branche n'avait poussé de mes jambes, mais elles me parurent moins enflées. Cependant, malgré plusieurs tentatives, je ne pus rien obtenir d'elles et, toute cette journée encore, je dus ramper au fond de mon bateau, les halant derrière moi comme de lourdes masses de chair morte.

Étrangement, après ce sursaut d'énergie, la fatigue et l'abattement me rattrapèrent. Pêcher un poisson me demandait un effort considérable et me laissait essoufflé. Manger me redonna la nausée et, comme aucun signe d'espoir ne me venait du ciel, je sentis peu à peu s'effriter mon moral. Je passais mes journées à l'avant, prostré, le corps à demi engagé sous l'ombre protectrice du pont. À quoi est-ce que je pensais ? Je crois que dans mes rares moments de lucidité je priais, suppliant le Seigneur de ne pas m'abandonner. Mais j'étais la plupart du temps dans une sorte d'inconscience, ou de somnolence, de sorte que je ne percevais plus clairement l'égrènement des heures. Durant ces quelques jours d'extrême faiblesse, j'en vins à faire mes besoins sous moi, n'ayant plus la force de me déplacer. Je me rappelle combien me paraissait loin, et véritablement hors d'atteinte, l'arrière de mon bateau pourtant distant d'à peine trois mètres…

Oui, j'étais sans doute en train de me laisser mourir quand me parvint enfin un signe du Seigneur. C'était au milieu de la journée et je m'étais endormi, bercé par la houle. Soudain, un bruissement minuscule me tira du sommeil, on aurait dit un froissement de tissus. Comment mon oreille distingua-t-elle ce son si léger du clapotis incessant de l'eau contre ma coque ? Dieu le voulut puisqu'il me le fit entendre. Puis cela recommença et je crus qu'on marchait à l'arrière. Pour ne pas donner l'éveil, je décidai alors de passer discrètement la tête par l'écoutille plutôt que de m'extraire tout entier de sous le pont. Je soulevai doucement mon ciré que j'avais placé dessus pour me protéger du soleil et ce que je vis me coupa le souffle : deux oios se tenaient là ! Deux oios ! Ces oiseaux gris qui me gonflaient le cœur d'excitation au temps de Faa'a, car leur présence signifiait que le mahi mahi était enfin dans les eaux proches. Depuis quand est-ce que je n'avais plus vu d'oiseaux ? Des semaines ! Des mois ! La visite de ces deux-là me remplit d'une émotion indicible. Non pas cette fois parce qu'elle trahissait la présence du poisson, mais parce qu'elle témoignait de façon formelle qu'une terre se trouvait à proximité…

Une terre !

« Mon Dieu, me dis-je tout bas, se peut-il que je sois arrivé au bout de mon voyage ? »

Je sentis que mes yeux se remplissaient de larmes et, cependant, je n'arrivais pas à détacher mon regard de ces deux messagers. Ils avaient dû prendre mon bateau pour une épave et ils semblaient profondément satisfaits d'avoir découvert cette occasion de souffler un peu. Tout en se balançant, ils échangeaient de minuscules piaillements gutturaux. Si seulement je les comprenais, pensai-je, eux savent exactement où est située cette terre et, après avoir pêché, ils vont y retourner… Puis le crissement de ma main sur le bord de l'écoutille me dénonça et, m'apercevant, ils s'enfuirent en échangeant des cris pointus d'enfant.

Ces deux oios firent plus pour mon moral qu'un plat de bœuf au riz bien cuisiné. Je sortis aussitôt de mon abri pour scruter l'horizon et, comme mes jambes refusaient encore de me porter, cette fois je me mis en colère contre elles.

« Quoi, leur dis-je, maintenant que j'ai vraiment besoin de vous, vous préférez rester couchées. Comment puis-je apercevoir le pays que nous destine le Seigneur si je ne suis pas plus haut qu'un crabe de cocotier ? Je vous le demande, comment puis-je apercevoir quoi que ce soit, alors que la houle elle-même est plus élevée que moi ? »

Stimulé par la fureur, je parvins à me dresser à plusieurs reprises en m'accrochant à la main courante du pont. Puis, comme je retombais, j'eus l'idée d'établir une corde qui me permit de me maintenir debout tant bien que mal.

Mais, aussi loin que je pus voir, aucune terre ne dépassait de l'eau. Tout au long de la journée, je fouillai le lointain, répétant tout haut, comme pour me rassurer : « C'est impossible, Seigneur, c'est impossible, tu ne m'as pas envoyé ces oiseaux pour rien. Il y a quelque part une terre et je dois la découvrir, sinon je ne peux rien tenter pour la rejoindre… » Cette nuit-là, fou d'espoir, je me relevai par intervalles, me figurant que j'allais enfin surprendre les petites lumières d'une côte se reflétant dans le miroir d'encre de l'océan…

Mais rien. Au matin, je n'avais toujours rien vu, et je recommençais à perdre confiance quand je distinguai dans le soleil naissant un vol d'oiseaux vifs que je pris un instant pour des *kavekas,* ces petits sternes qui survolent les bateaux de pêche en attendant que le poisson remonte pour lui arracher des lambeaux de chair. Cette fois, il n'y avait plus de doute, le courant me portait bien vers une île. Cette certitude m'aida à retrouver l'appétit. Rassemblant le peu de force qu'il me restait, je me mis à pêcher avec entrain, bien que je dusse à certains moments fermer les yeux pour lutter contre les vertiges. L'estomac plein de quelques bouchées de thon et d'un peu d'eau, je repris ma place de vigie. Et de nouveau la journée s'écoula dans l'attente.

J'étais traversé d'angoisses et de doutes. Est-ce que mes yeux ne me trahissaient pas ? Est-ce que le courant, après m'avoir rapproché, n'était pas en train de m'éloigner ? Si la terre était si proche, pourquoi est-ce que je ne croisais pas un bateau, pas un pêcheur ? Une fois encore, je finis par placer tous mes espoirs dans la nuit, me disant que les petites lumières des hommes attireraient plus sûrement mon regard que le seul relief d'une terre dans les brumes trompeuses du jour.

La nuit vint et aucune petite lumière n'apparut sur la masse sombre des flots. Je m'endormis, abattu et profondément épuisé. Je percevais désormais que le temps m'était compté, que mon corps ne résisterait plus bien longtemps aux violences qui lui étaient faites.

Et l'incroyable se produisit le lendemain matin. Une terre émergeait au loin, au ras de l'eau, mais tellement au ras que je crus d'abord à une hallucination. Retenant mon souffle, je portai mon regard ailleurs, où la mer était vierge de toutes traces, avant de revenir au lieu de l'apparition : l'ombre était encore là ! L'émotion me laissa longtemps muet de stupeur. Une terre ! Une terre se tenait sous mes yeux ! C'était si extraordinaire qu'au lieu de hurler de joie je me mis à sangloter. Mais tout doucement, en tâchant de retenir mes larmes car elles m'empêchaient de contempler ce miracle. Une terre !

« Oh, finis-je par dire tout haut, merci, mon Dieu ! Merci ! »

Alors seulement mon cerveau se reprit à fonctionner. Que valait-elle, cette île ? Elle n'avait aucun relief, c'était donc un atoll. Était-elle habitée ? Ça n'était pas impossible, je crus en tout cas distinguer une cocoteraie. Mais j'en étais encore très éloigné, de sorte que rapidement mon esprit se concentra sur la seule question qui importait : à quel rythme le courant me rapprochait-il ? Figé à l'avant de mon bateau, je ne pouvais détacher le regard de ce mince ruban sombre qui bornait désormais une partie de mon horizon. Après deux à trois heures, il me sembla que les contours de la cocoteraie m'apparaissaient plus nettement. Oui, mais est-ce que mes yeux ne me jouaient pas un tour ? J'avais le souvenir, certains jours pendant ma dérive, d'avoir pris de simples traînées de brume pour des bateaux, au point d'en arriver à leur faire des signaux… Cette folie-là me guettait sans cesse, je le savais. À la mi-journée, je décidai donc de laisser cette île en paix et de reprendre mes activités comme si elle n'avait pas existé.

J'entrepris de pêcher pour me nourrir. L'excitation m'avait complètement coupé l'appétit, si bien que je n'avais rien mangé depuis la veille. La mer était étonnamment poissonneuse et, tandis que je préparais ma ligne, deux mahi mahi vinrent me provoquer et engloutir tranquillement quelques poignées de petits, sous ma coque, comme s'ils avaient deviné que je n'avais plus la force de les harponner. Je réussis tout de même à remonter un chirurgien, et tout ce temps-là je n'avais pas jeté un regard en direction de l'île. Quand je m'autorisai enfin à le faire, je n'eus plus de doute : la cocoteraie était bien visible maintenant, le courant m'emmenait vers la côte ! J'étais si heureux que je ne parvins pas à absorber une seule bouchée de mon chirurgien. Il était là, proprement découpé, et je l'avais tué pour rien. Déjà, je rêvais de poisson grillé et de lait de coco.

« Je te demande pardon, lui dis-je tout bas, mais,

tu sais, c'est un jour exceptionnel, c'est un très grand jour, je ne peux rien avaler. Si je suis toujours en mer cette nuit, je te mangerai certainement, comme ça, tu ne seras pas mort pour rien. Sinon je ne sais pas, comment veux-tu que je sache ? Tout va dépendre de ce que je découvrirai dans ce pays… »

L'après-midi s'écoula dans cette tension, et, quand je vis se dissoudre mon île dans les particules sombres du crépuscule, j'eus l'espoir que brilleraient bientôt dans la nuit les feux d'un village ou de quelques maisons. Mais aucun feu ne troua les ténèbres et ce fut comme si cette île n'avait jamais été qu'un rêve.

Où allais-je la retrouver le lendemain matin ? Quelles surprises me réservait le Seigneur ? Cette nuit en mer était sans doute la dernière, il l'avait voulu comme cela, et je lui dis que j'étais encore bien assez fort pour la supporter. Puis, ma prière faite, je pris un peu de poisson, deux gorgées d'eau, et je m'endormis.

Le ciel pâlit. J'attendais ce moment, le cœur gonflé, et je ne voulus pas croire immédiatement ce que prétendaient mes yeux : que nous ne nous étions guère rapprochés durant cette longue nuit. Des écharpes de brume s'accrochaient à la cocoteraie. « Attendez un peu que le soleil jaillisse par là-bas, dis-je à mes yeux, et vous allez voir comme les cocotiers auront grandi ! » Le soleil jaillit, oui, mais les cocotiers n'avaient pas grandi.

Alors ce fut comme si la mort elle-même m'avait saisi, ce fut une ondée glaciale qui me parcourut de la tête aux pieds et me laissa frissonnant, abasourdi. Le courant me faisait longer la terre, mais il ne me conduisait pas jusqu'à elle... C'était si cruel que j'en perdis la tête durant quelques instants et envisageai de me jeter à l'eau pour tenter de nager jusqu'à la côte. Jamais je ne l'aurais atteinte avec mes jambes à demi paralysées et le bon Dieu, heureusement, me retint à bord.

« Pourquoi me fais-tu ça, Seigneur ? lui dis-je un peu plus tard en recouvrant mes esprits. Pourquoi me mènes-tu jusqu'à cet atoll pour aussitôt m'en écarter ? Tu me laisses espérer des heures durant et puis tu me rejettes dans l'errance. Que veux-tu me dire ? Je suis si fatigué que j'ai peur de ne plus t'entendre. Si tu voulais ma mort, n'est-ce pas, tu ne m'aurais pas sauvé de l'ouragan et conduit jusqu'ici ? Alors qu'attends-tu de moi ? Tu sais, je crains de n'avoir plus la force de continuer à survivre dans ce dénuement, de continuer même à respirer. »

Une incrédulité hébétée me retint toute la journée comme attaché par les yeux à cette terre que je voyais petit à petit s'enfoncer dans les flots bleus tachetés d'écume. Quand elle eut totalement disparu, un terrible sentiment d'abandon, de détresse, m'envahit. Le soleil était au couchant et j'eus pour la première fois le désir de mourir.

Je crois que, pendant deux ou trois jours, ce désespoir me garda replié sous le pont. Mon âme errait dans les ténèbres, j'entendais ses sanglots, elle se heurtait aux murs épais de la nuit, mais je ne pouvais plus rien pour elle. J'étais occupé à mourir. Je mourais.

Qu'est-ce qui me tira de ce sombre abandon ? Un matin, ce fut comme si le bon Dieu avait ouvert grands les volets : le soleil encore frais du matin inondait mon bateau et des nuées d'oiseaux tourbillonnaient et piaillaient au-dessus de moi. Des nuées d'oiseaux que j'entrevis par l'écoutille. Ce sont eux qui me décidèrent à sortir. Je me mis à ramper en arrière, poussant devant moi mes jambes inertes, et j'eus soudain conscience de n'être déjà plus que l'ombre d'un homme. Quand ma tête apparut enfin, la lumière me brûla vivement les yeux. Je dus patienter là, couché sur le flanc comme un moribond, afin qu'ils s'habituent peu à peu. Les oiseaux piaillaient de plus belle comme si leur mission avait été vraiment de me tirer de là, de me rendre à la vie *in extremis*. Bientôt, je pus les observer – jamais je n'en avais vu autant. Et je compris qu'ils se chamaillaient en réalité. Mais pourquoi ? Il n'y avait rien à manger sur le pont, rien qui pût les intéresser. Alors, me traînant sur les coudes, je me penchai par-dessus bord : des poissons par centaines se disputaient les algues de ma coque et les petits êtres qui nichaient dessous. « Oh ! » fis-je, d'une voix minuscule et grinçante qui me parut être celle d'un revenant. C'est que des mahi mahi énormes s'amusaient, tout contre mon bateau, comme s'ils n'avaient pas eu plus peur de moi que d'un cadavre. « Oh ! » répétai-je, d'un timbre mieux assuré. Cela non plus je ne l'avais jamais vu en un demi-siècle de pêche : autant de mahi mahi gambadant joyeusement autour de mon canot. Là-bas, à

Tahiti, je devais parcourir des dizaines de milles pour en attraper trois ou quatre, et ici… Mais dans quel coin retiré du Pacifique est-ce que je me trouvais donc ? On ne chassait pas le mahi mahi par ici ? Cela me laissa un bon moment perplexe et l'idée me vint que je devais être extrêmement loin du monde des hommes pour que les mahi mahi se conduisissent avec tellement d'imprudence.

« Là-bas, vous seriez déjà tous morts, leur fis-je observer tout bas, et comme pour moi-même, parce que je voyais bien qu'ils ne m'écoutaient pas. Vous ne vous méfiez pas des bateaux, vous êtes complètement inconscients. Si seulement j'avais la force de lancer le harpon, je vous montrerais, moi… »

Ensuite, tout me parut plus simple : les oiseaux étaient ici parce qu'il y avait des poissons, et les poissons étaient ici parce qu'il y avait mon bateau. En somme, je continuais d'incarner à moi tout seul le modèle réduit d'un archipel. Ça n'était pas nouveau, je m'étais déjà fait cette réflexion.

Cela aurait dû me replonger dans ma léthargie, mais non, il y avait ce jour-là quelque chose d'exceptionnel dans l'exubérance des oiseaux, dans l'insolence des mahi mahi, et peut-être aussi dans la lumière – comme une poussière d'or qui voletait dans le matin. Quelque chose qui malgré tout m'enivrait. Je n'avais plus envie de mourir, j'avais envie de prendre part à ce qui ressemblait à une fête. À l'instant où je me disais cela, j'eus la vision du pitoyable invité que j'étais : le ventre vide, efflanqué comme un chien errant et affublé de jambes qui se moquaient de moi. Je pris une tranche de mahi mahi séché que je fis passer avec un peu d'eau. Et puis j'étais là, à sourire timidement de la vivacité des oiseaux qui éclaboussaient le ciel tout autour de moi, quand soudain il me parut évident que ces tournoiements, ces virevoltes, toute cette affluence annonçaient une grande nouvelle. Oui, il y avait dans ce ballet les réminiscences d'une annonce biblique, d'une annonce divine. Je le ressentis comme tel et, à ce moment, j'eus l'intuition que j'arrivais au terme de mon voyage.

Jamais, me dis-je, les oiseaux ne se retrouvaient si nombreux en haute mer. Et puis, loin des côtes, ils semblaient économiser leurs forces, ils ne se livraient pas à de semblables démonstrations. « Alors c'est que la terre est proche ! » me dis-je. Le cœur plein d'émotion, j'entrepris de me redresser. « Mon Dieu, la terre ! La terre enfin ! » J'étais si faible que cela me prit longtemps – maintenant mes bras avaient, eux aussi, du mal à me soutenir. Ce que je vis, une fois debout, me conforta dans l'impression que j'avais quitté la pleine mer pour entrer dans une zone de hauts-fonds. Deux courants se partageaient les eaux devant moi : l'un très fort produisait des remous et des tourbillons, l'autre beaucoup plus calme filait en avant. Je voguais sur celui-ci, heureusement épargné par les convulsions du premier. Une fois encore, je me mis à scruter fiévreusement l'horizon : il était absolument vide, embué d'une vapeur éthérée qui ne laissait deviner aucun relief. Cependant, j'étais sûr que mon intuition ne me trompait pas et, après cet effort qui m'avait épuisé, je me laissai retomber au fond de mon cockpit.

C'est à ce moment que surgirent ces monstres marins que sont les orques. Une première jaillit à quelques mètres de mon étrave et j'eus le temps de m'apercevoir qu'elle était plus longue que mon bateau. J'étais encore sous le choc quand j'aperçus la seconde. Elle passa sur l'arrière, provoquant une vague qui nous souleva soudainement. Manifestement, je m'étais trouvé en travers de leur chemin, et j'en déduisis qu'il s'agissait probablement d'un couple. Aussitôt, je remerciai le Seigneur pour sa protection. J'avais en mémoire l'accident qui était survenu à un pêcheur de Moorea. On racontait alors qu'une orque l'avait percuté. Le bateau avait été brisé et, dans la collision, l'homme avait eu plusieurs côtes cassées. Il était impossible de savoir si l'orque avait heurté intentionnellement l'embarcation, mais cette histoire avait eu un grand retentissement parmi les pêcheurs de Tahiti – désormais, nous ne songions plus aux orques sans éprouver un frisson. Je reprenais mon souffle, me considérant déjà comme un miraculé, quand elles reparurent. Mais, cette fois, elles ne venaient plus là par hasard, elles avaient repéré mon bateau et fait exprès demi-tour pour le voir de plus près. La première vint se placer contre mon flanc, et là je vis qu'elle était en effet bien plus longue que mon canot. Que cherchait-elle ? Qu'allait-elle faire ? Une énorme frayeur me saisit. Elle était presque à portée de ma main. Qu'elle décidât subitement de me donner un coup de nageoire et c'en était fini, le bateau exploserait ou, dans le meilleur des cas, se retournerait. Je ne pouvais rien entreprendre, et je restai paralysé, m'attendant à une catastrophe d'une seconde à l'autre. Brusquement, le bateau roula et tangua furieusement : l'orque venait de se mettre sur le dos, comme pour nous montrer son ventre, ou nous inviter à jouer avec elle. Son mouvement avait provoqué un remous considérable, mais elle avait manifestement veillé à ne pas nous heurter. Alors, il me vint à l'esprit qu'elle prenait mon bateau pour une autre espèce de mammifère marin et il me parut judicieux de me cacher. Elle n'avait pas peur de ma coque, mais quelle idée se faisait-elle des hommes ? Qu'arriverait-il si elle remarquait ma présence ? À plat ventre au fond de mon cockpit, ne laissant dépasser que le haut de mon crâne pour suivre discrètement son manège, je la vis s'éloigner. Mais sa compagne vint aussitôt prendre sa place, et il se produisit alors une chose étonnante : elle aussi se mit sur le dos, précipitant mon bateau dans un chaos invraisemblable avant de s'en aller sans avoir rien cassé.

Je me relevai et, curieusement, cette visite si effrayante au départ ajouta une note d'espoir et d'optimisme à l'ambiance si particulière qui m'entourait. Les oiseaux étaient toujours aussi nombreux à piailler au-dessus de moi, comme une escorte joyeuse et désordonnée, et le courant qui m'entraînait était si puissant qu'il me semblait voir sa marque sur l'océan, ourlée ici ou là de tourbillons d'écume.

Dans l'après-midi, et alors que je suivais avec incrédulité les cabrioles des mahi mahi à un jet de harpon de mon bateau, il se produisit encore un événement insolite : un thon vint quasiment se jeter contre ma coque, poursuivi par un cachalot qui vira de bord au dernier moment pour ne pas me rentrer dedans. Je tenais mon harpon en main, espérant, malgré mon état, surprendre un mahi mahi. Ce fut le thon qui le prit en pleine tête. Il pesait au moins quinze kilos et je crus que jamais je n'arriverais à le remonter. Quand je l'eus devant moi, au fond du bateau, je tremblais d'épuisement, d'émotion aussi – pour la première fois, depuis des semaines, je venais de réussir une prise au harpon.

Je fis un repas de poisson frais et je découpai le reste en lamelles pour les faire sécher sur le pont. J'étais occupé à cela quand un vrombissement lointain et familier me fit dresser l'oreille, puis relever la tête : un avion ! Un avion à hélices, comme ceux que je voyais décoller vingt fois par jour à Faa'a, volait vers moi dans le soleil couchant ! Ce fut une telle surprise qu'il ne me vint même pas à l'esprit de lui faire signe. Il m'était arrivé, depuis le début de ma dérive, de voir passer des avions à réaction, si haut qu'on aurait dit des jouets, mais pas une fois je n'avais été survolé par l'un de ceux-là. À Tahiti, ces avions servaient à relier les îles, on savait qu'ils n'allaient ni en Amérique ni en Europe. Où est-ce que je me trouvais donc pour en découvrir un subitement au-dessus de ma tête ? D'où venait-il ? Où allait-il ? En le suivant des yeux, j'eus l'impression que le courant m'emportait dans la même direction que lui. Et pourtant, aussi loin que je pouvais voir, aucune terre ne se dessinait sur la mer.

Le thon m'avait fait du bien, je l'avais mangé avec appétit du fait de tous les heureux présages qui se manifestaient autour de moi. Je dormis d'un bon sommeil dont je sortis impatient, comme on se réveille au matin d'un grand jour. Bientôt le ciel pâlirait et j'avais hâte de découvrir l'horizon vers lequel m'entraînait le courant.

Avec les premiers rayons surgirent les oiseaux. Ils étaient aussi excités que la veille, aussi nombreux. Mais d'où venaient-ils ? À la rencontre du ciel et de l'océan, je ne distinguais qu'une brume laiteuse dont je savais, depuis le temps, qu'elle ne dissimulait que le vide. Et, cependant, ce vide n'ébranla pas ma confiance. Cette fois, les signes que m'avait adressés le Seigneur ne laissaient guère de place au doute, et je le lui dis :

« Je t'ai bien entendu, mon Dieu, et je comprends qu'il te faille un peu de temps pour me conduire à bon port. Tu ne peux pas faire courir le courant plus vite qu'il ne coure, et tu n'as pas tant d'îles que cela à ta disposition. Je ne vais plus me laisser mourir, sois tranquille, je vais attendre. Tant que les oiseaux seront là, je saurai que tu penses à moi. »

Ce jour-là, je fis comme je l'avais promis au Seigneur. Je me nourris autant que pouvait le supporter mon estomac, et je bus à trois reprises deux gorgées d'eau. Des semaines s'étaient écoulées depuis la grande pluie et mes réserves avaient fondu – en avaler plus aurait été imprudent. Vers midi, un gros requin vint tourner autour de mon bateau. J'interprétai sa visite comme un nouveau signe du ciel et je me remis à prier. Puis l'avion me surprit alors que je dormais, la tête à l'ombre du pont, mais j'eus tout de même le temps de le voir disparaître dans la direction où tous les éléments réunis semblaient me pousser.

Rien ne me parut différent le lendemain matin. Le jeune soleil s'échappa fièrement du ventre rond de la mer et, dans le même instant, se déchira tout du long le rideau d'encre de la nuit, emportant dans ses particules poussiéreuses les dernières étoiles. Aussitôt le ciel neuf étincela, étonnamment vide et cristallin. À ce moment du jour, il tranche avec le bleu de la mer encore tout imprégné de nuit, et c'est une chance pour celui qui cherche la terre. Moi, je la cherchais, dans la direction où l'avion s'était évanoui la veille, et je ne pouvais pas me tromper car le courant y allait aussi et la position du soleil me donnait le bon cap. Je la cherchais, oui, mais elle n'y était toujours pas. C'est alors seulement que la présence de deux petits nuages m'intrigua. Ils étaient insolites dans ce ciel immense et vide. Ils se tenaient tout au fond, précisément sur la route qu'avait empruntée l'avion, mais si loin qu'ils se confondaient au premier regard avec la bande de gaze éthérée qui fermait l'horizon.

Ces deux petits nuages… Au fond de moi, je sus

immédiatement ce qu'ils signifiaient, bien sûr, mais il me fallut plusieurs heures pour l'admettre. C'était trop d'émotion, trop de bouleversement. Des nuages semblables couronnaient toute l'année Tahiti, Moorea, Huahine… Des nuages semblables… Sans doute, oui, mais qui me garantissait qu'un mauvais esprit n'en soufflait pas de temps en temps de similaires, d'exactement similaires, au-dessus de la mer pour tromper les naufragés ? Qui me le garantissait ? J'allais me nourrir d'espoir, rêver et pleurer comme à la vue de l'atoll, jusqu'à ce que je constate qu'il n'y avait dessous que du vent et de l'eau !

Oui, il me fallut toute la journée pour reconnaître que sous ces nuages se trouvait une terre. Et toute cette journée, je la vécus assis sur ma glacière, le regard là-bas, tantôt haletant, tantôt retenant mon souffle, essayant de m'empêcher de croire que cette fois ça y était, qu'une terre suffisamment monumentale pour accrocher des nuages, pour accueillir des avions, se dressait en plein devant moi, dans le lit du courant.

Ce soir-là, je fis au Seigneur une prière particulière. J'avais besoin de parler, de partager cette exaltation que je sentais courir dans mes veines avec la force d'un torrent. C'était plus que ne pouvait en supporter mon corps épuisé, mon cœur usé. Je dis au Seigneur combien je lui étais reconnaissant de m'avoir sauvé, et avec lui j'essayai de me remémorer par où j'étais passé avant d'en arriver là : le sentiment d'abandon, puis le réconfort des ancêtres, l'espoir, puis le désespoir quand j'avais croisé le chalutier fantôme, la soif, puis l'orage enfin, l'ouragan et, depuis l'ouragan, le sentiment glacial que la mort rôdait constamment à l'entour de mon bateau, jusqu'à ce matin radieux, Seigneur, ce matin radieux où les oiseaux me sortirent des griffes des ténèbres.

« Les oiseaux que tu m'as envoyés ! Chaque fois que je désespérais, tu es venu à mon secours. Et ce soir encore je te sens là, tout près de moi. Tu m'écoutes et me réconfortes. Ce soir, mon cœur exploserait si tu ne portais pas avec moi la joie qui me gonfle la poitrine. »

Très tôt, le lendemain matin, les oiseaux revinrent tournoyer et brailler au-dessus de moi. Ils se chamaillèrent ; on eût dit aussi qu'ils voulaient m'impressionner en me frôlant la tête ou en piquant un morceau de thon qui finissait de sécher à l'avant. Mais curieusement, après un moment, ils m'abandonnèrent pour s'éloigner vers la pleine mer. Une large moitié du ciel avait commencé de se teindre en mauve, mais la nuit s'attardait sur l'horizon, de sorte que je ne voyais pas encore mes deux nuages. Je m'étais réveillé plein d'impatience et je les guettais sans cesse, de nouveau assis sur ma glacière. Aux premiers rayons, la nuit reflua, et mon cœur bondit violemment : ils étaient là, mais bien plus gros, bien plus présents que la veille. Pendant mon sommeil, le courant m'avait considérablement rapproché.

J'étais occupé à les contempler et à prier, débordant de reconnaissance, quand une tache sombre attira mon attention. Il fallait se concentrer pour la distinguer du disque dur de la mer. Mais il n'y avait aucun doute, une masse au relief incertain se tenait coincée entre mer et ciel, et comme écrasée par le poids des nuages.

« Un pays ! m'entendis-je murmurer. Tout un pays ! »

J'eus le sentiment de vivre une de ces choses immenses qu'avaient vécues avant moi nos ancêtres : la découverte d'une terre après des mois de mer à bord d'une pirogue.

« Ils empannaient la nuit et naviguaient pendant la journée. Ils voguaient vers l'est et arrivèrent à Petit Tahiti, Moorea, frappés par le vent, et à Grand Tahiti. Ils firent le tour de ces îles. Puis ils continuèrent à naviguer, les îles furent toutes repérées par eux, du sud au nord, de l'est à l'ouest, elles furent toutes repérées...

« Que ceux qui voient au loin et qui habitent la terre se lèvent et contemplent ! »

Quel pouvait être le nom de ce pays ? Combien de milles avais-je parcourus depuis Faa'a ? À quoi ressembleraient les hommes qui allaient m'accueillir ? J'eus bien du mal à détacher mes yeux de cette côte pour manger quelques bouchées de thon et prendre un peu de repos. En fin d'après-midi, la terre s'était étalée largement sur les flots, mais j'en étais encore trop loin pour en saisir les détails.

Je priais sans cesse. J'avais conscience d'être

accompagné par le Seigneur et j'éprouvais le besoin de lui confier mes interrogations, mes inquiétudes, ma joie surtout qui, par instants, me secouait de haut en bas et me laissait tout flageolant comme un vieil arbre dans le vent d'orage.

Cette nuit-là, je dormis peu, trop envahi par l'événement qui se préparait. Quitter cette terre des yeux était un déchirement, et malgré moi je continuais à la chercher dans les ténèbres. Bien avant le jour, j'étais à mon poste de guet sur la glacière. Je rêvais d'observer l'aube pâle qui en révélerait petit à petit les contours. L'aube s'éleva lentement sur l'est et, tandis que la lumière gagnait, ce fut comme dans mon rêve : les escarpements de ce pays miraculeux m'apparurent pour la première fois nimbés de vapeur matinale. J'en restai longtemps ébahi et comme sous le coup d'une apparition. Jamais la terre ne m'avait paru si belle, si bouleversante. Comme si Dieu l'avait créée pour moi ce matin-là, comme si j'assistais à l'éclosion du monde.

Ce fut une folle journée pour l'ermite que j'étais devenu. Tandis qu'en plusieurs mois je n'avais croisé qu'un chalutier dont le mutisme n'avait pas cessé depuis de hanter mes pensées, je fus survolé ce jour-là à trois ou quatre reprises par ces avions à hélices qui relient les îles entre elles. Je n'avais plus ni fusée ni fumigène, mais, curieusement, je ne songeai même pas à leur faire de signaux. J'étais bien trop obsédé par la terre qui s'avançait lentement à ma rencontre et dont je disais à Dieu chaque nouveau détail que discernaient mes yeux, comme si Dieu avait été aveugle. Dans ce moment de grâce, je me sentais semblable à un enfant miraculé s'adressant à son père, ce père qui avait été le seul à me tendre constamment la main dans l'infortune, la détresse et le chagrin.

Je bus un peu plus que de coutume, mais j'étais si recueilli, si tendu, que les heures s'écoulèrent sans que je songe à manger. Puis la brise me tira de mes prières et, comme je frissonnais, je m'aperçus qu'à l'est la brume charbonneuse du crépuscule avait déjà commencé d'assombrir ce coin fané du ciel tandis qu'à l'opposé l'horizon rougeoyait. Maintenant, très vite, nous allions basculer dans la nuit. Je me sentis soudain triste et très fatigué. Comme si l'excitation de ces quelques jours avait épuisé mes dernières forces. J'avais quitté le couvercle de ma glacière et j'allais me glisser sous le pont, enroulé tant bien que mal dans mon ciré, quand une chose extraordinaire s'accomplit sous mes yeux : les petites lumières des hommes se mirent une à une à trembler dans le soir. En quelques minutes, que je passais debout, me retenant au pont, tout ce pays inconnu se mit à scintiller de centaines de points lumineux. Je n'arrivais pas à en détacher le regard. Tout ce que la vie comptait de chaleur, de réconfort, de promesses de bonheur, tenait dans ces lampes minuscules qui résistaient aux ténèbres. Ma propre nuit allait en être illuminée, comme si les gens qui s'apprêtaient à souper, là-bas, dans la sécurité d'un foyer, voulaient déjà me signifier qu'ils m'attendaient. À cet instant, les visages d'Hélène et de Caren m'apparurent. Elles venaient souvent me visiter, mais, invariablement, je les repoussais pour ne pas céder au chagrin. Cette fois, je les laissai entrer, prendre possession de mon esprit, jusqu'à nous revoir tous attablés, Hélène, son mari, leurs enfants, Caren, le gamin… Mon Dieu, il y avait si longtemps ! Est-ce que j'allais de nouveau connaître ces moments ? Est-ce que j'avais le droit d'y croire maintenant ? Tout à coup, je me rendis compte que je pleurais, tout bas, sans cesser de penser à eux.

Je dormis par bribes. Et à chacun de mes réveils, c'était plus fort que moi, je sortais m'assurer que les lumières étaient toujours présentes. Elles diminuèrent au fil des heures, et je dus me raisonner pour garder confiance : « Après minuit, c'était pareil à Faa'a, me dis-je, souviens-toi, les gens allaient se coucher et, depuis la mer, on voyait s'éteindre les maisons une à une, jusqu'à ce qu'il ne reste plus que les feux de l'aéroport. »

Tout de même, j'attendis le matin, plein d'appréhension. Et le matin vint. Et ce que je découvris alors était encore bien plus beau que les petites lumières de la veille : des toitures lointaines, une cocoteraie, et le cordon d'écume du récif traçant comme un enclos autour de ce pays. Oui, j'étais sauvé, j'avais le droit d'y croire. Et cependant, tandis que la matinée s'écoulait, je finis par m'étonner de ne croiser aucun bateau au large de cette côte. On ne pêchait donc pas sur cette île ? De quoi vivait-on alors ? En milieu de journée, un avion me doubla sur bâbord, je vis qu'il n'était pas loin d'atterrir, mais nous n'allions plus dans la même direction désormais, lui s'apprêtait à se poser plus loin sur ma gauche, tandis que le courant m'entraînait vers la droite. Où m'emmenait-il ? Comme je ne distinguais plus de toits, j'en déduisis qu'il devait me pousser vers une zone escarpée où il n'allait pas être facile d'accoster.

« Mais je suis entre tes mains, Seigneur, dis-je avec tranquillité, et si tu as choisi pour moi cet endroit, eh bien, je m'en arrangerai. J'ai confiance. »
Comment aurais-je pu craindre quoi que ce soit, quand depuis l'apparition des deux petits nuages sur l'horizon, je n'avais pas cessé un instant d'éprouver la volonté de Dieu, comme si sa main elle-même me conduisait fermement vers ce port ? Il ne s'était pas donné toute cette peine pour me jeter contre une côte hostile.

Le courant avait beaucoup faibli et le vent était complètement tombé quand le soir me surprit. J'étais au large encore, ballotté par une houle dissolue qui semblait attendre que le ciel se décidât à lui donner des consignes. Mais le ciel subitement s'éteignit et il ne se passa plus rien. Aucune petite lumière ne vint braver les ténèbres, et ce pays, si lumineux la veille, se laissa docilement couler dans la nuit. J'étais étrangement serein, à l'écoute des signes du Seigneur, et, puisque tout s'engourdissait autour de moi, je partis me coucher.

Le grondement du ressac me précipita dehors. « Oh, mon Dieu ! » Le vent s'était levé dans la nuit et je n'étais plus qu'à une centaine de mètres de la barrière de corail. Une imperceptible lueur mauve annonçait l'aube. On devinait les courbes sombres de la côte à un demi-mille peut-être, mais avant il y avait le récif contre lequel la mer s'acharnait et se brisait en rouleaux furieux. Vent et courant m'y poussaient par le travers et j'allais m'y fracasser dans quelques minutes. Si j'avais une chance de m'en sortir, c'était en présentant mon bateau debout au massif de corail, de telle sorte que l'étrave encaissât le premier choc. L'étrave tiendrait, j'en étais pratiquement sûr, tandis que les flancs, plus fragiles, exploseraient. Pour la première fois depuis longtemps, je me remis aux commandes, droit sur mes jambes qui me portaient à peine. La barre répondit et, lentement, le bateau se redressa. Le vent le prit par l'arrière. Ça y était, nous étions exactement perpendiculaires au récif. Alors, j'attachai la barre pour nous maintenir sous ce cap et, aussi vite que je le pus, je me préparai dans l'hypothèse d'un naufrage. J'enfilai un gilet de sauvetage, puis j'enfournai dans le sac en plastique qui contenait mon poisson séché un second gilet, du fil et des hameçons pour pêcher, enfin mon coupe-coupe pour trancher les noix de coco si j'atteignais la terre. Puis ce sac de survie, je me le ficelai solidement sur le dos. Voilà, j'étais prêt.

Ensuite, je me tins comme je le pus debout à l'avant. Les rouleaux approchaient à vive allure maintenant et, à l'instant du ressac, les brisants du corail affleuraient. J'eus le temps de les distinguer dans la pâleur à peine teintée du crépuscule. Le temps aussi d'adresser une ultime prière au Seigneur. À ce moment je sentis qu'une vague, peut-être plus puissante que les autres, soulevait mon bateau et l'emportait dans sa course. Je retins mon souffle. Tout alla très rapidement, mais, quand elle commença de déferler, je savais que j'étais sauvé : j'avais entrevu sous ma coque la mâchoire de corail balayée par des tonnes d'eau bouillonnante.

Le choc me fit chanceler, peut-être plus par ce qu'il signifiait que par sa violence : après des mois de mer, je venais de toucher terre. Mon bateau reposait sur le massif corallien, j'étais sauvé ! En me retournant, je vis que déjà la vague suivante survenait au galop. Elle reprit le bateau et lui fit faire un bond d'une quarantaine de mètres à l'intérieur du lagon. Puis il y en eut une autre, une troisième encore, et ce fut tout : mon canot se coucha doucement sur le flanc, il était arrivé, il n'avait même plus assez d'eau pour flotter.

Le vertige me donna le sentiment que le pays que je voyais là, tout près, se mettait à son tour à rouler et tanguer. Mais ça n'était qu'une illusion, ce mal de terre qui saisit le marin lorsque la mer cesse soudain de le ballotter.

Descendre ! Maintenant il fallait descendre, bien sûr. La terre que je contemplais, distante de quelques centaines de mètres, ne semblait pas être habitée. Mais les cocotiers y poussaient en abondance et le souvenir du lait de coco me fit saliver. Puis, en me penchant, je vis que mon bateau reposait sur des coraux pointus et j'eus mal à la peau en y songeant. « Je vais essayer de le bouger, me dis-je, de le conduire dans un bon coin où il ne s'abîmera pas. » Mes pieds étaient énormes, ils ne rentraient plus dans mes tongs, mais je réussis à ficeler sur chacun une semelle et je me mis à l'eau. En profitant des meilleures vagues, je parvins à haler mon bateau sur quelques mètres, jusqu'à un petit endroit en creux qui me parut plus sablonneux. Je tremblais comme une feuille après cet effort, et ainsi je me rendis compte combien j'étais devenu frêle et maladif.

Sans doute n'aurais-je jamais la force de traverser le lagon jusqu'à la plage. C'est alors que me vint l'idée d'utiliser le couvercle de ma glacière comme un radeau. Mais lui-même était devenu trop lourd pour moi et je dus recourir à une corde pour le faire basculer par-dessus bord. Ensuite, j'y déposai mon harpon et le sac de survie que j'avais préparé, avant de m'allonger dessus à plat ventre. Il me portait facilement et, en pagayant avec les mains, j'atteignis la côte.

Toutes ces manœuvres m'avaient pris beaucoup de temps et le soleil chauffait généreusement la plage quand j'y arrivai. J'étais exténué et je restai plusieurs minutes allongé sur le sable sans pouvoir bouger. Enfin, je m'assis, et c'est à ce moment que j'aperçus une de ces pirogues doubles et couvertes qui servent habituellement à transporter les touristes. Je la vis à l'instant où elle disparaissait de l'autre côté de l'île. J'étais en train de méditer sur cet événement, reprenant lentement mon souffle, quand je découvris quelques personnes qui couraient et s'agitaient à l'endroit où venait de s'évanouir la pirogue. Cette île était donc habitée ! J'aurais dû m'en réjouir, mais mon épuisement était tel que mon cerveau ne semblait plus capable de me dicter quoi que ce soit.

Après un moment, je me sentis suffisamment reposé pour essayer de me lever. J'y réussis en chancelant, mais marcher me parut aussitôt au-dessus de mes moyens. Mes jambes étaient terriblement enflées et elles flageolaient sous mon poids. Je mis comme je le pus mon sac de plastique sur mon dos et, m'aidant de mon harpon comme d'une canne, je parvins à faire un pas, puis un autre. Mon intention était d'aller de l'autre côté de l'île, puisque de toute évidence des gens y habitaient, mais cela m'avait l'air extrêmement loin et j'eus peur de ne pas y arriver, de tomber et de ne jamais pouvoir me relever.

Un pas après l'autre, j'atteignis la cocoteraie. J'étais pris de vertiges, mon corps tremblait de haut en bas, et cependant le désir de manger un coco germé demeurait en moi, intact. Tout ce qu'il me restait d'énergie me portait vers l'accomplissement de cette aspiration minuscule : manger enfin un coco germé ! J'en aperçus un et, certainement, je souris. Sortir mon coupe-coupe de mon sac en plastique me prit un moment, j'avais le sentiment de devoir me maintenir en équilibre sur deux lourdes colonnes d'argile. Mais, le coupe-coupe en main, je constatai avec effarement que je n'avais plus la force de trancher le coco. Non, c'était impossible ! Enfant, aux

Tuamotu, j'abattais d'un seul mouvement les cocos germés... Celui-ci devait être particulier. Mes yeux en cherchèrent un autre et, quand ils l'eurent trouvé, je me rendis jusqu'à lui à cette allure de vieillard qui était maintenant la mienne. Mais, là encore, le coco me résista. Ainsi, c'était moi, c'était moi qui n'avais même plus la force... même plus la force de me nourrir. Je repris tout doucement mon chemin vers les hommes, puisque sans eux, sans leur secours, j'étais voué à mourir.

Les premiers que je vis, en passant sur l'autre rive de l'île, devaient être des touristes, car ils s'amusaient et riaient. L'idée me traversa qu'ils allaient avoir peur de moi et, après un instant d'hésitation, je me résolus à laisser tomber mon harpon. Je poursuivis mon trajet plus lentement encore sans son secours. Je me rapprochais d'eux petit à petit, mais ils paraissaient absolument indifférents à ma présence. Alors seulement je découvris une petite cabane un peu plus loin, sur ma gauche. Devant elle, quelques hommes étaient en train de casser la croûte. Ceux-là étaient certainement les responsables du groupe de touristes et de la pirogue double qui avait été remontée sur le sable. Je me dis qu'il était préférable d'aller vers eux. Quand ils m'aperçurent, ils s'arrêtèrent immédiatement de manger. Mais aucun ne bougea, aucun ne vint à mon secours. Ils semblaient pétrifiés.

– Où sommes-nous, ici ? Quel est le nom de cette île ?

Ma voix devait être celle d'un spectre, car je sentis un peu de frayeur dans leurs yeux.

Et comme pas un ne me répondait, je répétai :

– Quel est le nom de cette île, s'il vous plaît ?

À ce moment-là, un homme que je n'avais pas remarqué sortit de la cabane.

– Tu parles le tahitien ! s'étonna-t-il. Mais d'où tu viens donc ?

– De Faa'a.

Il me regarda drôlement, de la tête aux pieds.

– Tu viens de Faa'a ?

– De Faa'a, oui.

Alors, il s'adressa aux autres dans une langue que je ne comprenais pas. Leurs yeux se mirent à rouler de lui à moi. Quelque chose n'allait pas. Mais quoi ?

Comme ils continuaient à parler et que je ne saisissais pas un mot de leur conversation, je posai encore une fois ma question à l'adresse de l'homme sorti de la cabane.

– Nous sommes où ici ? Quel est le nom de cette île, s'il te plaît ?

– One Foot Island, fit-il sèchement.

Tous s'étaient tus et me dévisageaient comme si j'étais un brigand.

– Je ne comprends pas, dis-je.

– One Foot Island, c'est le nom de cet îlot, précisa-t-il. Sinon, ici, c'est Aitutaki.

– Aitutaki, répétai-je. Aitutaki. Je ne connais pas ce pays.

– Mais comment tu es venu de Faa'a ? me demanda-t-il rudement.

Il n'avait pas l'air de me croire.

– En bateau, répondis-je. J'étais parti à la pêche, je me suis perdu en mer…

J'étais si fatigué que je n'avais plus qu'un filet de voix ridicule.

– En bateau ! s'exclama-t-il. Et il est où, ton bateau ?

– Là-bas, derrière la cocoteraie, fis-je en me tournant lentement pour lui montrer la direction.

Aussitôt, deux hommes partirent dans ce sens et ceux qui restèrent me firent signe de m'asseoir.

Un moment plus tard, les premiers étaient de retour. Ils semblaient stupéfaits et parlaient très vite.

– Oh, mon pauvre gars ! dit alors celui que je comprenais. Mais est-ce que tu sais seulement où tu es ici ?

– Non, je ne connais pas Aitutaki.

– Les îles Cook ! Aitutaki, aux îles Cook ! Tahiti est très loin, je ne sais même pas, plus d'un millier de kilomètres…

Tout en m'expliquant cela, il me retirait mes haillons humides et me frottait vigoureusement avec une serviette-éponge. Puis un autre m'enfila un bon tricot.

Maintenant, tous s'affairaient autour de moi. Ils s'agitaient, couraient, s'interpellaient, ils avaient l'air de penser que j'allais me dissoudre dans les ténèbres d'un instant à l'autre.

Bientôt, l'un d'eux m'apporta une assiette de poisson frit avec de la banane, du taro, du uru, tout cela arrosé de lait de coco comme j'en avais tellement rêvé.

– Oh, merci ! Merci ! murmurai-je.

Et, tandis que je commençais une prière, je sentis monter les sanglots. J'aurais voulu remercier le Seigneur, remercier ces hommes, et tout ce que je pus leur offrir se résuma à ces larmes qui coulaient, qui coulaient…

Enfin, je parvins à prendre une bouchée. Entre-temps, ils avaient alerté les secours par téléphone, et en particulier l'hôpital d'Aitutaki, qui rappela pour les avertir qu'ils ne devaient pas me laisser trop manger. Il n'y avait pas de danger, à la troisième bouchée je n'avais déjà plus faim.

On nous attendait à l'hôpital, sur l'île principale, de l'autre côté du lagon. L'homme qui parlait le tahitien m'enroula de la tête aux pieds dans différentes serviettes, puis il me prit dans ses bras, comme on prend un enfant, et me porta jusqu'à un petit canot en aluminium propulsé par un moteur hors-bord. Deux autres nous accompagnèrent. Tout le temps que dura la traversée, l'homme me tint serré contre lui, me protégeant du vent et des embruns, et me prodiguant des encouragements :

– Ça va aller, mon gars ! Ça va aller ! Là-bas, ils vont te remettre sur tes deux jambes, te fais pas de souci. Tout le monde t'attend, ils vont bien te soigner. Et puis, pour ton bateau, ne t'inquiète pas, on va le sortir de là…

Malgré tout, je grelottais. On aurait dit que mon corps, comprenant que c'était fini, avait soudain renoncé à lutter.

Une voiture de police patientait au wharf. Elle me conduisit jusque devant l'hôpital. Là, je voulus descendre seul, et je serais sûrement tombé sans le secours d'un groupe de femmes qui patientaient à cet endroit. En fait, la nouvelle s'était rapidement répandue qu'un pêcheur de Tahiti venait d'être jeté à la côte et elles étaient accourues pour réconforter le miraculé.

Avec des gestes de mères, elles me portèrent jusque dans une chambre où m'attendait un lit. Elles virent combien j'avais froid et, aussitôt couché, elles me recouvrirent d'une multitude de couvertures tout en me tenant la main et en me caressant le front.

Je voulus les remercier, mais je crois que le sommeil me terrassa avant qu'un mot ne réussît à sortir de mes lèvres.

Quand je me réveillai, la pièce était plongée dans la pénombre bleue du soir, mais les femmes faisaient encore cercle autour de mon lit. Elles se remirent aussitôt à bavarder et je m'aperçus que deux ou trois d'entre elles parlaient désormais le tahitien.

– J'ai très faim, dis-je.

Elles avaient prévu cela et, dans l'instant, je fus précautionneusement redressé, adossé à une montagne d'oreillers et gratifié d'un plateau qui aurait suffi à nourrir une famille nombreuse. Pendant mon sommeil, elles avaient cuisiné différents poissons, toutes sortes de légumes, préparé des fruits et des pâtisseries, et tout cela se trouvait maintenant disposé sous mes yeux.

– Je ne pourrai pas tout manger, dis-je en tâchant de sourire.

– Seulement ce qui te fait plaisir, me rétorqua celle qui venait de traduire mes propos pour toutes les autres.

Elles accompagnèrent chacune de mes cuillerées d'un bruissement de satisfaction.

Puis je dis doucement :

– Merci, merci pour tout, c'était délicieux... Au fait, quel mois sommes-nous ? Quel jour sommes-nous ?

De nouveau, la femme traduisit pour les autres, et je les entendis rire et chuchoter.

– Le 10 juillet, fit-elle enfin en me prenant le poignet. Et maintenant, repose-toi !

Le 10 juillet ! Je crus que c'était encore un rêve. Mais non, elles étaient bien toutes là à mon chevet, et elles souriaient. Le 10 juillet est la date d'anniversaire de Caren ! Ainsi, après cent dix-huit jours de mer, le Seigneur nous avait fait cet incroyable cadeau !

***

Le récit d'Hélène. Mercredi 10 juillet

On a entendu la nouvelle à la radio : ils avaient retrouvé papa ! Il était à l'hôpital d'Aitutaki ! Je ne me rappelle plus exactement les mots du journaliste, mais je me souviens que j'ai eu le sentiment qu'une boule de feu embrasait mon cœur. J'ai dû crier de joie, et puis ensuite je me suis mise à sangloter... À sangloter... C'était idiot puisqu'il était vivant. Mais j'étais si heureuse ! Oh mon Dieu ! Jamais de ma vie je n'avais éprouvé une telle joie, après tant de jours et de nuits d'angoisse je veux dire... C'était comme si la lumière revenait soudain chez nous, après quatre mois d'obscurité, comme si nous renaissions à la vie.

On a couru téléphoner là-bas. Entendre papa, c'était incroyable ! Et le Seigneur l'avait ramené sur la terre pour l'anniversaire de Caren. Le cadeau de ma petite sœur, c'était lui ! J'ai remercié le bon Dieu. Jusqu'à la fin de mes jours, je le remercierai pour cela.

***

La voix d'Hélène ! Puis la voix de Caren ! Et moi comme un mourant qui ne pouvait que chuchoter. Et puis pleurer. À peine me retira-t-on le téléphone que je me remis à pleurer. À chaque instant, les sanglots me submergeaient. On aurait dit que tout était détruit en moi, que de l'homme que j'avais été il ne restait plus qu'un petit tas de chair et d'os qui se tordait comme un chiffon.

Je dormis d'un sommeil agité cette première nuit à l'hôpital. Le mouvement de la mer me manquait. J'étouffais, puis je grelottais. Je me dressais en larmes ou alors, comme je gémissais, les femmes qui se tenaient auprès de moi me réveillaient et me donnaient à boire.

Le lendemain matin, après le café, le docteur vint m'examiner. Je ne pesais plus que quarante-neuf kilos, contre près de quatre-vingts à Faa'a quatre mois plus tôt. Le cœur allait bien, me dit-il, mais je m'étais cassé plusieurs côtes durant la tempête. Pour mes jambes et mes pieds que je ne sentais plus, il me rassura : je souffrais d'œdème, provoqué par la station debout jour et nuit pendant la tempête encore, et aggravé par les claques violentes des vagues contre la coque. La motricité reviendrait petit à petit, me promit-il, et en attendant, il allait me faire donner un fauteuil roulant. Pour le reste, j'étais sérieusement déshydraté, mon foie était très gros du fait de la dénutrition et j'étais atteint, m'annonça-t-il, d'une amyotrophie majeure – la perte de la masse musculaire qui soutenait mon corps auparavant. Quelques jours plus tard, le médecin de Tahiti qui relaya son confrère d'Aitutaki m'expliqua que je présentais le même tableau clinique que les rescapés des camps de concentration d'Allemagne ou de Serbie.

Jamais de ma vie je n'avais été accueilli et traité comme je le fus à Aitutaki durant une semaine. On aurait dit que toute la population m'avait adopté comme un parent enfin retrouvé. Le médecin vint constamment me visiter et, du soir au matin, des femmes pleines d'attentions et de gentillesse se tinrent à mon chevet pour me nourrir et m'aider dans ma toilette. Le soir, leurs maris les rejoignaient, de sorte que j'avais sans cesse autour de moi des gens vivants et souriants qui me couvraient de cadeaux et qui m'invitèrent chez eux quand je pus me déplacer.

Dès le premier jour, le nom de « papa Ru » m'avait été donné à travers toute l'île. Les journaux aussi m'avaient surnommé ainsi. Je ne savais pas qui était ce Ru auquel mes visiteurs faisaient constamment référence en m'offrant éloges et affection. On finit par me raconter son histoire.

Ru vivait à Havaii, qui porte aujourd'hui le nom de Raiatea, l'île reine d'où les Polynésiens partirent pour découvrir les autres îles. Havaii était surpeuplée, aussi Ru réunit un jour sa famille et lui dit : « Je crois que les vallées sont noires de monde et que même les hauteurs sont aujourd'hui encombrées. J'ai choisi une étoile, et sous cet astre se trouve une terre qui nous procurera un foyer paisible. » On construisit une pirogue de voyage et on la chargea de provisions. Outre sa propre famille, Ru pria vingt jeunes femmes de haut rang de l'accompagner pour peupler l'île de ses rêves. Et puis ils prirent la mer. Après plusieurs semaines, ils rencontrèrent une tempête qui durant trois jours et trois nuits obscurcit le ciel et souleva l'océan. Ru ne pouvait plus distinguer l'étoile qui le conduisait. Alors, il demanda l'aide de Tangaroa, le dieu de l'Océan.

« Ô Tangaroa, dit-il, dans l'immensité de l'espace,
Chasse les nuages le jour,
Chasse les nuages la nuit,
Pour que Ru puisse voir les étoiles du ciel,
Et qu'elles le guident vers la terre de son désir. »

Les nuages se dissipèrent, les étoiles brillèrent à nouveau et, en suivant la route que lui indiquait son astre, Ru aborda, par un matin radieux, dans l'île d'Aitutaki.

J'avais fait de même. Moi aussi, j'avais traversé la tempête et demandé l'aide de Dieu. Et après un voyage de mille deux cents kilomètres, ponctué de tous les périls imaginables, le ciel avait voulu qu'Aitutaki fût ma destination.

Les gens de cet archipel croient comme moi aux desseins du Seigneur, à sa bonne étoile. Ils n'imaginent pas un instant que je sois arrivé chez eux par hasard. C'est pourquoi ils m'ont appelé et continuent de m'appeler aujourd'hui « papa Ru ». C'est pourquoi aussi ils m'ont fait citoyen d'Aitutaki. Je suis devenu l'un des leurs, parce que la mer et le ciel l'ont décidé ainsi. Dans l'esprit de tous, il est entendu qu'à l'image de Ru je fonderai bientôt à Aitutaki « un foyer paisible » où je poursuivrai mes jours. Ne pas le faire serait nier la volonté divine, et certainement blesser mes hôtes.

À l'instant où j'achève ce récit, mon bateau se trouve toujours à Aitutaki. J'ai refusé qu'un cargo polynésien me le rapporte à Faa'a. Je veux en effet continuer ma vie de pêcheur là-bas, auprès de ces hommes et de ces femmes qui m'ont adopté et attendent mon retour. Quand Caren, qui a fêté ses quatorze ans le jour de mon accostage, n'aura plus besoin de moi, je repartirai pour Aitutaki.

J'étais à l'hôpital, encore épuisé, quand je reçus l'appel d'Oscar Temaru. Le maire de Faa'a est mon plus vieil ami, un ami de toujours avec qui je jouais au football, enfant, et avec qui je pêchais dans le lagon avant qu'ils construisent la piste d'aviation. Oscar venait de voir Hélène et Caren, et il avait eu cette idée de venir me chercher.

– Dis-moi, Tavae, ça te ferait plaisir ? J'ai regardé les avions. En passant par Auckland et Rarotonga, je peux être à Aitutaki mercredi ou jeudi.

– Oui, viens me prendre. Je n'ai plus de jambes, tu sais…

– Je sais, j'ai eu le maire d'Aitutaki, tu les retrouveras, tes jambes.

J'attendais donc Oscar, lorsqu'on m'annonça l'arrivée à Aitutaki d'un petit avion médicalisé que m'envoyait le gouvernement polynésien pour me rapatrier sur Tahiti. Pourquoi le gouvernement prenait-il cette initiative alors que tout le monde savait qu'Oscar Temaru était déjà en chemin pour me rejoindre? Je ne comprenais pas, cela me plongea dans l'embarras, et après avoir dit au médecin du petit avion que je me sentais plus en sécurité dans un gros appareil, je lui fis remarquer plus sèchement que je n'allais certainement pas fausser compagnie à mon ami Oscar qui avait entrepris ce long voyage rien que pour moi. Devant mon refus têtu, l'avion médicalisé renonça à m'embarquer et il s'apprêtait à repartir quand on me prévint de l'arrivée imminente du maire de Faa'a.

La famille royale d'Aitutaki me fit l'honneur de m'accompagner à l'aéroport pour accueillir Oscar. Il souriait sur la passerelle, il me cherchait des yeux, mais son sourire se figea quand il m'aperçut dans le fauteuil.

Oscar avait été, au fil des années, l'un des hommes qui m'avaient le plus aidé à rester pêcheur. Mon dernier bateau, celui qui reposait à présent sur le récif, c'était en partie grâce à lui que j'avais pu l'acheter. Grâce à l'argent qu'il m'avait prêté. Il disait à qui voulait l'entendre qu'Ato et moi étions les meilleurs chasseurs de mahi mahi de Faa'a, et peut-être même de tout Tahiti. Les meilleurs chasseurs. Et maintenant j'étais en fauteuil roulant et c'est lui qui me dirigeait pour regagner la voiture…

Il s'est assis à côté de moi dans l'avion. Pour moi, c'était la première fois, l'avion. J'en avais vu atterrir et décoller des milliers, mais jamais je n'étais monté dans l'un d'eux. On a survolé le récif, le courant aussi, bien visible sur le miroir scintillant de l'océan, et un instant je me suis revu en bas, misérable, suppliant le ciel. Jamais je n'aurais pensé qu'on embrassait si parfaitement le paysage de là-haut.

Ils s'étaient tous rassemblés dans le salon d'honneur de l'aéroport de Faa'a pour me recevoir. Oscar Temaru, qui poussait mon fauteuil, avait été prévenu, lui, mais pour moi c'était une surprise.

– On ne rentre pas à la maison ? j'ai demandé.

– Pas tout de suite, je crois que des gens t'attendent là-bas.

Les gens, c'était Hélène, Caren, Ato, au premier rang d'une petite foule colorée qui se figea à mon apparition. Je n'eus pas le temps de me demander à qui appartenaient toutes ces paires d'yeux, je ne vis d'abord que ceux des miens, mes filles, mon frère, et leurs yeux qui souriaient se remplirent immédiatement de larmes. Je vis le joli visage d'Hélène se décomposer véritablement entre le moment où elle m'aperçut et celui où je fus près d'elle. Elle était comme statufiée par le chagrin, ou l'émotion, je ne sais pas, sans doute de me voir là comme un infirme. Elle sanglotait, sans pouvoir même m'embrasser. C'est moi qui lui pris la main le premier, mais moi non plus je ne pus rien dire sur le moment. J'avais la gorge nouée. Puis je vis que Caren aussi pleurait silencieusement. Et Ato… Ato qui est si fort,si courageux, essayait de retenir ses larmes mais n'y arrivait pas. Il devait me dire plus tard qu'il m'avait à peine reconnu tant il m'avait trouvé vieilli. « Tes cheveux étaient devenus tout blancs, Tavae, et tu avais un regard effrayant, le regard d'un revenant… »

Finalement, on ne réussit qu'à s'étreindre maladroitement, et j'imagine que c'est moi qui parlai le premier.

– Tout va bien à la maison, Hélène ?

Oui, tout allait bien.

– On t'attendait, fit-elle tout bas. Moi je savais que tu reviendrais, j'en étais certaine, certaine…

Et enfin elles purent m'embrasser toutes les deux.

Ensuite, les autres personnes osèrent nous entourer, et bientôt je fus couronné de fleurs de tiaré, fêté, félicité. Il y avait là une bonne partie de ma famille, et mes amis pêcheurs de Papeete, de Moorea, de Punaauia… Je pense que tous m'avaient cherché, avant de se résoudre à prier pour mon âme, et qu'ils ne pouvaient pas croire que j'étais bien là, que c'était réellement moi, quatre mois après avoir appris ma disparition. Ils étaient heureux, ils voulaient me le dire, me toucher, et moi j'étais un peu sonné. Comme un revenant sur la terre, oui.

Un peu plus tard, on rejoignit notre maison de Faa'a. Hélène, Caren, le mari d'Hélène et leurs enfants. Nous nous apprêtions à fêter mon retour en famille. Et c'est alors seulement que je l'ai aperçu, le gamin. Il se tenait à l'autre bout de la pièce, et il pleurait.

– Ben, qu'est-ce qui te prend de pleurer comme ça, toi aussi ? j'ai lancé. Ben, qu'est-ce qui te prend ? Pourquoi que tu viens pas m'embrasser avec les autres ?

Il a secoué la tête, non, non, il n'allait pas venir, comme s'il avait trop de peine de me voir ratatiné dans ce fauteuil.

– Allez, viens, j'ai ajouté, c'est pas la peine de pleurer. Est-ce que je pleure, moi ? Viens, je te dis, on m'a retrouvé ; maintenant, il faut être content.

Pour la retranscription exacte des mythes tahitiens :

– Peter H. Buck, *Les Migrations des Polynésiens,* Payot, 1952 (Préface de Maurice Leenhardt).

– *Mythes tahitiens.* Témoignages réunis par Teuira Henry, Société des Océanistes, musée de l'Homme, 1962.

Remerciements de l'auteur

Je n'oublierai jamais l'accueil que m'a réservé la population d'Aitutaki. Je ne peux pas remercier chacun nommément, mais je tiens à dire combien j'ai été sensible aux soins et aux encouragements du docteur Mata Strickland qui a su, en quelques jours, me rendre à la vie. L'hospitalité, la chaleur et la générosité du maire d'Aitutaki, Tai Herman, et de son épouse, Nane, ont largement contribué à mon rétablissement. Qu'ils sachent que je les porte dans mon cœur. De la même façon, je garde comme un précieux cadeau l'honneur que m'a fait la famille royale en me déclarant sujet d'Aitutaki.

Enfin, je voudrais remercier la compagnie Air New Zealand qui a eu l'élégance de m'offrir mon billet de retour pour Tahiti.

Remerciements des éditeurs

Les éditeurs tiennent à remercier tout particulièrement monsieur le maire de Faa'a Oscar Temaru, Jean Marius Raapoto, universitaire et linguiste et Vito Maamaatuaiahutapu.

Ils remercient aussi chaleureusement Teva Sylvain et Christophe Buchard.

Impression réalisée sur CAMERON par

BUSSIÈRE CAMEDAN IMPRIMERIES

GROUPE CPI

à Saint-Amand-Montrond (Cher)
en avril 2003

N° d'édition : 6/01. — N° d'impression : 031759/4.
Dépôt légal : avril 2003.

Imprimé en France